OS
GATOS DO CAFÉ
DA LUA CHEIA

OS GATOS DO CAFÉ DA LUA CHEIA

MAI MOCHIZUKI

Ilustrações de Chihiro Sakurada

Tradução de Ayumi Anraku

Copyright © 2020 MOCHIZUKI Mai, SAKURADA Chihiro
Todos os direitos reservados.
A edição original, em japonês, foi publicada pela Bungeishunju Ltd em 2020, sob o título *Mangetsu Kohiten no Hoshiyomi*. Os direitos de língua portuguesa (Brasil) são reservados à Editora Intrínseca LTDA, sob licença concedida por MOCHIZUKI Mai (texto) e SAKURADA Chihiro (ilustrações), em acordo com Bungeishunju Ltd., por intermédio de Emily Books Agency LTD., Taiwan, e Casanovas & Lynch Agency, Espanha.

TÍTULO ORIGINAL
満月珈琲店の星詠み

COPIDESQUE
Maria Luísa Vanik

REVISÃO
Luana Luz
Luana Balthazar

ADAPTAÇÃO DE PROJETO GRÁFICO E DIAGRAMAÇÃO
Ilustrarte Design

DESIGN DE CAPA
Miyuki Nonaka

ADAPTAÇÃO DE CAPA
Lázaro Mendes

CIP-BRASIL. CATALOGAÇÃO NA PUBLICAÇÃO
SINDICATO NACIONAL DOS EDITORES DE LIVROS, RJ

M687g

    Mochizuki, Mai
      Os gatos do Café da Lua Cheia / Mai Mochizuki ; ilustração Chihiro Sakurada ; tradução Ayumi Anraku. - 1. ed. - Rio de Janeiro : Intrínseca, 2024.
      il. ; 21 cm. (O Café da Lua Cheia ; 1)

      Tradução de: 満月珈琲店の星詠み
      ISBN 978-85-510-0967-3

      1. Ficção japonesa. I. Sakurada, Chihiro. II. Anraku, Ayumi. III. Titulo. IV. Série.

24-92547

          CDD: 895.63
          CDU: 82-3(520)

Gabriela Faray Ferreira Lopes - Bibliotecária - CRB-7/6643

[2024]
Todos os direitos desta edição reservados à
Editora Intrínseca Ltda.
Av. das Américas, 500, bloco 12, sala 303
22640-904 – Barra da Tijuca
Rio de Janeiro - RJ
Tel./Fax: (21) 3206-7400
www.intrinseca.com.br

Sumário

PRÓLOGO
11

CAPÍTULO I
Trifle de aquário
15

CAPÍTULO II
Petit gâteau com sorvete da lua cheia
81

CAPÍTULO III
O reencontro de Mercúrio retrógrado
131

Primeira parte:
Cream soda de Mercúrio
132

Segunda parte:
Champanhe *float* do luar de Vênus
163

EPÍLOGO
187

NOTA DA AUTORA
209

REFERÊNCIAS
213

TRIFLE DE AQUÁRIO

AFFOGATO DE SORVETE DOS ASTROS

PANQUECAS COM MANTEIGA DA LUA CHEIA

PETIT GÂTEAU COM SORVETE DA LUA CHEIA

CAFÉ DA LUA CHEIA

CREAM SODA DE MERCÚRIO

CAFÉ DA LUA CHEIA

CHAMPANHE *FLOAT* DO LUAR DE VÊNUS

CAFÉ DA LUA CHEIA

CAFÉ GELADO POLVILHADO DE ESTRELAS

CAFÉ DA LUA CHEIA

CERVEJA AZUL-CELESTE DE CÉU ESTRELADO

CAFÉ DA LUA CHEIA

O Café da Lua Cheia não tem endereço fixo. Ele surge cada hora em um lugar: às vezes no centro comercial que você frequenta, na estação final da linha de trem ou até às margens calmas de um rio. E o nosso estabelecimento não aceita pedidos dos clientes. Nós preparamos uma bebida, um doce ou um prato exclusivos para você. Quem sabe, talvez tudo não passe de um sonho... — disse o gato tricolor, sorrindo com os olhos quase fechados.

PRÓLOGO

Estávamos no comecinho de abril. Uma brisa fresca entrou pela janela que eu havia deixado escancarada e trouxe o aroma da primavera, além de uma bela melodia de piano. A música era "Saudação do Amor", de Elgar.

De repente, como que atraído pela música, um gato surgiu no solar da varanda. O prédio não proibia animais de estimação, então o bichano devia ser de algum vizinho. Era um tricolor, com pelos brancos, marrons e pretos.

Parei de picar o que estava preparando na cozinha e fiquei simplesmente olhando para ele. Era fascinante a forma como desfilava pela superfície estreita do batente sem se desequilibrar, com tanta elegância. Com o céu azul sem nuvens e a cerejeira ao fundo, a cena até parecia uma pintura.

Em contrapartida, eu não ostentava nem um pingo de senso artístico. Estava cozinhando — ou quase isso — um almoço nada elegante: picava cebolinha para o lámen instantâneo e me preparava para refogar cenoura, brotos de feijão e espinafre no óleo de gergelim.

O gato parou no meio do batente e semicerrou os olhos, parecendo deliciado com o som do piano. O rabo longo balançava como um pêndulo.

Meu apartamento era pequeno, de um cômodo só, o que significava que a distância da cozinha até a varanda era bem curta. Talvez por ter sentido o meu olhar, o felino se virou e miou. Não foi a "Saudação do Amor", mas foi a saudação do gato.

Sorri, lavei as mãos e fui até lá. Ao abrir a tela mosquiteira, percebi que o bichano não estava mais no solar. Procurei em volta e não o achei. Como moro no terceiro andar, fiquei preocupada com a possibilidade de ele ter escorregado e caído. Olhei lá para baixo, mas também não o encontrei. Sorri, aliviada. *Gatos não caem desse jeito*, pensei, e apoiei as mãos no batente.

A "Saudação do Amor" já havia acabado. Agora tocava o Estudo Opus 10, nº 3, de Chopin, conhecido também como "Tristesse", a música do adeus.

O adeus... Soltei um longo suspiro e abaixei a cabeça. Dizer adeus a quem se ama afeta qualquer um, ainda mais uma mulher de 40 anos que sonha ardentemente em se casar e acredita ter encontrado a pessoa certa. Havíamos ficado juntos por tanto tempo que a presença dele se tornara algo muito natural para mim. Mas a verdade é que não existem coisas "naturais". Bem, sendo assim, então talvez gatos pudessem escorregar e cair.

Tomada de novo por essa preocupação, olhei para baixo mais uma vez, porém nem sombra do animal. Ele devia de fato estar bem. Fui só eu mesma quem levou um tombo.

Onde será que eu errei?, me questionei.

Ouvi vozes infantis vindo lá de baixo e olhei na direção do barulho. Havia crianças caminhando por ali, que deviam estar de férias. A tensão foi substituída pela nostalgia: será que os alunos de quem cuidara naquela época estavam bem? Será que eu deveria mesmo ter desistido de ser professora? Ah, mas se eu ainda desse aula, os pestinhas continuariam a me fazer perguntas invasivas como "Professora, a senhora não é casada?", e se me perguntassem isso naquele momento eu provavelmente acabaria caindo no choro na frente da turma. Tinha sido melhor assim. Assenti como que tentando convencer a mim mesma disso.

Voltei para dentro do apartamento e fechei a tela mosquiteira. Só então percebi que já não se ouvia mais o som do piano.

CAPÍTULO I
Trifle de aquário

1

Ficou bom.

Sentada diante da tigela agora vazia, juntei as mãos em agradecimento. Lámen instantâneo com cebolinha, legumes e verduras não é nem de longe um almoço chique, mas até que deu para o gasto.

— Bom, agora é hora de voltar ao trabalho.

Levei a tigela para a cozinha, lavei-a rapidinho e a pus no escorredor. Aproveitei e passei um pano na superfície da mesa de jantar com cuidado. Era tão pequena que mal comportava um adulto. O apartamento era uma quitinete apertada, e eu usava a mesa para comer e para trabalhar.

Depois de limpá-la, coei um café direto na xícara, pus o notebook e o material de referência na mesa e me acomodei. Tomei um gole do café e folheei as páginas.

Hum, quais são mesmo as características desse personagem?, me perguntei.

O livreto estava repleto de ilustrações de rapazes elegantes e atraentes — era um relatório com a descrição dos personagens. A sinopse dizia que aqueles rapazes bonitos eram "herdeiros de famílias tradicionais que frequentam um colégio de elite". Eles tinham cabelos coloridos — vermelho, azul e amarelo — e não aparentavam ser de famílias tradicionais. Mas aquilo era um jogo de videogame, ninguém ligava para esses detalhes.

Pois é, eu, Mizuki Serikawa, era roteirista. Estava naquele momento trabalhando no roteiro de um jogo on-line para redes sociais. Não no roteiro principal: minha parte não era a do final feliz no qual a protagonista controlada pela jogadora conseguia ficar com um rapaz difícil de conquistar, mas a de quando a jogadora ficava com um personagem secundário. Ou seja, o meu roteiro precisava ser mediano, porque era só um final do tipo "prêmio de consolação". Não podia ser algo bom demais, que deixasse a jogadora supersatisfeita.

O volume de trabalho também não era grande: só um episódio de cerca de trinta kilobytes. Apenas roteiristas de jogos deviam receber pedidos por kilobytes em vez de por número de páginas ou de palavras. "Final com um beijo na testa ou na bochecha. Queremos que o local seja à beira d'água."

— Nada de beijo na boca, só na bochecha ou na testa, num cenário perto d'água. Esse personagem é meio caseiro, então acho mais coerente que seja perto de uma piscina de hotel, e não em uma praia ou à beira de um rio — pensei alto enquanto conferia o livreto e abria meu caderno de anotações, cujos rabiscos provavelmente só poderiam ser decifrados por mim.

Então delineei o *plot* — ou seja, o enredo da narrativa. Eu tinha que criar uma história que não fosse lá grande coisa, que fizesse a jogadora pensar: *Não quero esse final. Quero o final feliz com um dos personagens principais, mais difíceis de conquistar!* Por isso, os encontros entre eles deveriam ser meia-boca e as cenas românticas, mornas. Construir esse tipo de narrativa também tem lá suas dificuldades. Terminei de ler o briefing e comecei a escrever. O *tec-tec* do teclado ressoou pelo apartamento em harmonia com a música que tocava no computador.

O roteiro dos jogos on-line nos quais eu trabalhava costumavam ser bem convencionais. Como essa era a minha especialidade, achava o trabalho até prazeroso. Bem que eu queria poder escrever o roteiro do final principal, com os personagens mais difíceis, em vez de escrever o secundário. No entanto, minha situação não me permitia sonhar com essas coisas.

Pensar nisso me fez rir de mim mesma. Antes eu trabalhava com projetos mais relevantes... Balancei a cabeça para espantar esse pensamento e me concentrei na tarefa. Trinta kilobytes podem render diferentes quantidades de páginas dependendo da quantidade de palavras, mas é mais ou menos o equivalente a um conto.

Quando já havia escrito cerca de um terço do texto, me espreguicei. O ponteiro do relógio indicava que eram três da tarde. *Só passaram duas horas desde que comecei a trabalhar.* Sorri, amarga, ao me dar conta de que minha concentração durava apenas duas horas agora. Dez anos antes, conseguia me concentrar por mais tempo. Nesse momento, meu celular vibrou na mesa com a chegada de uma mensagem. Peguei o aparelho em silêncio.

Serikawa, quanto tempo! Aqui é Akari Nakayama. Vim à região de Kansai a trabalho e estou em Quioto agora. Sei que está em cima da hora, mas, se você tiver um tempinho, será que poderíamos nos encontrar?

Meu coração disparou ao ver aquele nome. Nakayama era de uma produtora de TV para a qual eu fazia trabalhos *freelancers* no passado e depois se tornara diretora de lá. No mês anterior, eu havia me enchido de coragem e lhe enviado um projeto. Talvez a ida dela a Quioto não tivesse nada a ver com isso, mas, como entrou em contato comigo, imaginei que quisesse conversar sobre o assunto.

Sim, claro. Vou adorar encontrar você.

Ela me respondeu:

Muito obrigada. Que tal o lobby do hotel onde fazíamos nossas reuniões? Poderia ser daqui a uma hora?

Perfeito.

Enviei a resposta, fechei o notebook e fui logo abrir o armário embutido. Fiquei em dúvida sobre o que vestir, então acabei escolhendo um terninho, para não ter erro. Em seguida, fui até a pia do banheiro, onde deixo as maquiagens e os produtos de beleza — a quitinete é pequena, não cabe uma penteadeira.

Peguei o pó compacto e comecei a aplicá-lo com a esponjinha.

— Ai, não está ficando bom.

Eu não andava saindo muito de casa, ia apenas ao supermercado do bairro, e ficava com preguiça de me maquiar só para isso, então simplesmente saía com uma máscara no rosto. Minha pele deve ter estranhado a maquiagem, porque estava ficando com um aspecto ressecado, como se rejeitasse o produto.

Nakayama provavelmente sentiria pena do meu estado, porque eu antes me cuidava com empenho. Bem, fazer o quê? Continuei a me maquiar mesmo assim. Preenchi a sobrancelha, passei o batom, pus um cardigã leve e peguei uma bolsa. Saí do prédio e fui em direção à estação. O local onde eu morava ainda fazia parte do município de Quioto, mas era um bairro residencial como qualquer outro, bem diferente da imagem de "antiga capital" que as pessoas tinham da cidade. Entrei no trem e suspirei. Foi quando recebi outra mensagem dela.

O lobby estava cheio, então vim para o café do primeiro andar. Estou aqui trabalhando, pode vir sem pressa.

Imaginei-a abrindo o notebook no café do hotel. Os profissionais da indústria audiovisual conseguem trabalhar em qualquer lugar. Se bem que isso vale para mim também. Antes, eu costumava ir muito a cafés para trabalhar, porém nos últimos tempos passei a ter dó de pagar a xícara de café, então passei a ficar em casa mesmo, a não ser que houvesse algum compromisso fora.

Eu me alimentava basicamente de comidas instantâneas, no máximo acrescentava umas verduras para me sentir menos culpada. Talvez isso também explicasse a irritação da minha pele...

Dei um sorrisinho autodepreciativo e pesquisei no celular as novelas do momento, para ler as avaliações. Senti uma dor no peito e logo desviei o olhar da tela.

Havia um garoto no trem, acho que voltando da escola. Devia estar no segundo ou no terceiro ano do ensino fundamental. Ele não carregava um *randsel*, a típica mochila japonesa, e sim uma mochila de couro marrom com um ar elegante. Devia estudar em uma escola particular e pegar o trem sozinho. *Que independente!*, pensei.

De repente ouvi uma voz me chamando baixinho:

— Professora Serikawa? — disse a jovem sentada ao meu lado.

Meu coração disparou. Hesitante, olhei para ela, que aparentava ter uns 20 e poucos anos. Parecia bem jovem, mas tinha um ar maduro, então talvez fosse mais velha. Pelo traje superestiloso, as unhas bem-feitas e o cabelo pintado em um tom claro, imaginei que ela trabalhasse na indústria da beleza. Seria cabeleireira de algum salão que frequentei?

— Hum... Desculpe por abordar a senhora assim. Fui sua aluna no fundamental...

Ah. A tensão então se dissipou. Era só uma ex-aluna.

— Eu adorava a senhora — confidenciou ela.

Ao ouvir essas palavras, fiquei muito sem jeito e apenas me retraí. Na época, eu era professora substituta, só dava aula nos dias em que algum dos professores efetivos faltava. Fiquei feliz por saber que ela gostava de mim, mas não me lembrava de ter mantido tanto contato com os alunos. Ela pareceu adivinhar o que eu estava pensando.

— A senhora costumava acompanhar meu grupo na volta para casa — explicou.

Ah, sim... Muitas vezes eu acompanhava os alunos na saída da escola. Como os professores efetivos já estavam muito ocupados com as turmas, era esperado que os substitutos assumissem essa tarefa. Mas acompanhar os alunos não era fácil: crianças pequenas são imprevisíveis, e eu tinha que ficar de olho nelas o tempo todo. Até mesmo fazê-las andar em fila era um desafio. Eu me lembro de ter pensado em vários jeitos para não as deixar entediadas, como brincar com jogos de palavras enquanto andávamos ou simplesmente conversar com elas. Que saudade. Essa lembrança quase me fez sorrir.

Conversamos mais um pouco e descobri que ela era cabeleireira, como imaginei. Quando o trem chegou à estação dela, a jovem fez uma breve reverência, repetiu "Desculpe por ter abordado a senhora assim" e saltou. Fiz uma breve reverência em resposta. *Eu nem perguntei o nome dela*, pensei, e me recostei no assento, envolta em uma doce sensação.

Sempre sonhei em ser professora do ensino fundamental. Era um trabalho com muitos desafios, mas, em momentos como aquele, me sentia feliz por tê-lo exercido. Então por que escolhi me tornar roteirista? Voltei a me sentir deprimida.

No começo, era apenas um segundo emprego. Como professores substitutos podiam ter mais de um trabalho, eu pegava serviços de roteirista também. No entanto, quando chegou a hora de eu ser efetivada, tive que escolher entre ser professora ou roteirista, e acabei abandonando o magistério e optando por ser roteirista em tempo integral.

Isso já faz quantos anos mesmo? Anos suficientes para que os alunos daquela época tivessem crescido, se tornado adultos e começado a trabalhar. E eu já chegara aos 40.

Naquele momento, vivia ansiosa por não ter perspectiva. Se ainda lecionasse, eu pelo menos teria mais estabilidade, mesmo que trabalhasse pesado. Não teria que passar noites em claro, amedrontada com as incertezas sobre o futuro.

Mordi o lábio e abaixei a cabeça.

2

Saí da estação, atravessei a ponte Sanjo Ohashi e fui em direção ao hotel no qual encontraria Nakayama. Fazia um bom tempo que não ia ao centro de Quioto. E pensar que há pouco tempo eu morava por ali... A lembrança fez com que eu me encolhesse.

Dois anos antes, morava sozinha em um prédio com vista para o rio Kamogawa. Era um apartamento de um quarto, com uma varanda grande. Costumava passear às margens do Kamogawa e tomar chá preto na varanda. O café que eu frequentava muito na época ficava perto da rua Kiyamachi, próximo ao córrego Takasegawa. Eu gostava muito de lá. *Será que o café ainda existe?*

Tomada pela saudade, caminhei pela rua Sanjo e depois pela rua Oike. O hotel ficava ao lado da prefeitura. Eu ia lá muitas vezes para me encontrar com profissionais da TV.

Com o coração batendo cada vez mais forte, entrei no lobby e fui até o café. Ele estava relativamente cheio e havia muitos estrangeiros. Vi Akari Nakayama sentada a uma mesa na janela.

Era comum que as pessoas desse meio usassem roupas informais. Ela, porém, sempre se vestia com formalidade, como se isso reafirmasse sua seriedade com o trabalho. Naquele dia, estava de calça social e blazer pretos. Eu a havia imaginado trabalhando em um notebook, mas ela estava com um tablet.

— Desculpe a demora, Nakayama.

Ao me ver, ela logo se levantou.

— Ah, desculpe por ter chamado você assim de repente. Obrigada por vir.

— Imagine, é um prazer te encontrar.

— Você mora por aqui, não é?

Dei um sorrisinho sem graça e fiz que não com a cabeça.

— Eu me mudei.

— Ah, é mesmo? Desculpe, combinei de nos encontrarmos aqui porque pensei que fosse perto da sua casa.

— Não tem problema — respondi, e nos sentamos à mesa.

O café que pedi chegou rápido e falamos amenidades por um tempo.

— Você chegou a Kansai hoje?

— É, vou ter uma reunião com o pessoal do canal local de televisão.

— Por falar nisso, como está aquele diretor com quem trabalhei?

— Está bem. Ele agora é produtor.

— Subiu na vida, então. E você já é diretora...

— Isso deve ser meio estranho para você, que me conheceu quando eu era só uma iniciante.

Não era nem um pouco estranho, na verdade. Fiz que não com a cabeça.

Nakayama sempre se dedicou muito ao trabalho. Era o tipo de pessoa rigorosa consigo mesma e com os outros e que não admitia trabalho malfeito. Sempre achei que ela seria promovida. Foi por isso que pensei em lhe enviar um e-mail. Eu não pensaria em fazer isso se fosse outra pessoa.

Engoli em seco, então continuamos conversando trivialidades. Eu não conseguia reunir coragem para perguntar o que de fato queria saber: sobre o e-mail que havia enviado para ela no mês anterior. "O que você achou do projeto?", a pergunta vinha na ponta da língua, mas eu não conseguia dizer as palavras. Antes eu precisava falar de outra coisa.

— Nakayama, me desculpe pelos inconvenientes que lhe causei naquela época.

Baixei a cabeça em um pedido de desculpa. Constrangida, ela assentiu.

— Eu imagino o sofrimento pelo qual você passou. Seus trabalhos transmitiam uma sensibilidade e uma percepção aguçadas, mas acho que foi difícil mostrar essas habilidades diante de tantas críticas do público — disse ela antes de levar a xícara de café aos lábios. Fiquei sem palavras e baixei a cabeça novamente. Nakayama então continuou: — Serikawa, seu trabalho era mesmo maravilhoso!

Ela semicerrou os olhos, como se olhasse para algo ofuscante. Reparei que conjugou todos os verbos no passado.

★

Comecei a trabalhar como roteirista aos 20 anos, ainda na faculdade. Venci um concurso de roteiro realizado por uma emissora de TV, o Grande Prêmio de Roteiro para Novela, e a partir de então fiz roteiros aqui e acolá, mas não me sustentava só com isso. Depois de me formar, me tornei professora do ensino fundamental, trabalho com o qual eu sonhava desde criança, e pegava serviços *freelancers* como roteirista. No entanto, um roteiro no qual trabalhei antes de concluir a graduação fez muito sucesso. Considerando que era uma novela que passava de madrugada e tinha um elenco desconhecido, a avaliação positiva pareceu até exagerada.

Foi aí que comecei a receber trabalhos maiores. Por volta dos meus 20 e tantos anos, fiquei conhecida por escrever novelas de sucesso e passei a trabalhar em roteiros para o horário nobre. Por essas e outras, decidi deixar o magistério e me dedicar exclusivamente à carreira de roteirista. Até que, quando estava com 30 e poucos, não conseguia mais emplacar sucessos de audiência. Era como se tudo que eu conquistara até então tivesse sido uma farsa.

A gota d'água foi quando trabalhei no roteiro de uma novela do horário nobre cujo elenco era estrelado, algo que na teoria não tinha como dar errado, mas a audiência não passou de um dígito. Fui vista como uma aberração.

Ainda recebi trabalhos por um tempo, porque acreditavam que aquilo havia sido um acaso e o próximo roteiro de Mizuki Serikawa daria certo. No entanto, o próximo e o que veio depois também não cativaram o público, e as críticas só pioraram.

Chegou a um ponto que, em vez de continuar trabalhando com profissionais veteranos, me jogaram para uma iniciante: Nakayama. Pouco depois disso, cedi à pressão da opinião pública e às críticas e acabei abandonando um projeto. Muitas pessoas ficaram preocupadas comigo e tentaram me contatar, mas eu não conseguia falar com ninguém, fiquei incomunicável durante um tempo.

Causei grandes inconvenientes para Nakayama, a responsável pelo projeto, mas ela continuou me procurando, mesmo quando todos tinham desistido de mim. Depois de um tempo, ela também desistiu, e quando me dei conta estava sem trabalho algum.

As economias que eu havia juntado na época das novelas de sucesso começaram a minguar, e obviamente não tinha mais como eu manter o mesmo estilo de vida de antes. Saí do prédio em que morava e, para economizar, acabei na quitinete. Vendi todos os móveis daquela época também.

Quanto ao trabalho, voltei a me dedicar a roteiros, mas sob o pseudônimo de "Serika". Desde então, vinha me candidatando a anúncios na internet em busca de "roteiristas de jogos on-line" e pegando serviços cuja remuneração era o suficiente para eu pagar as contas. Serika não tinha reputação nem experiência, então obviamente não receberia trabalhos grandes. Mas eu ainda tinha medo de usar o meu nome verdadeiro.

★

— Eu gosto muito dos seus roteiros. Como o *Caminho para o topo* e a *Sala de aula da luz*. Gosto de como os protagonistas são de classes sociais mais baixas e, com dedicação e coragem, vão galgando degraus e melhoram de vida. Isso me emociona e acho que me faz acreditar que, se eu me esforçar bastante, vai valer a pena...

Encabulada com aquelas palavras sinceras, olhei para a mesa.

Os meus roteiros tinham tramas e contextos diferentes, mas com um ponto em comum: os personagens começavam a história em uma situação difícil e injusta e no fim eram compensados pelo esforço.

— Por isso, foi um prazer ler o projeto que você me enviou — disse ela.

Meu coração pulou no peito. Senti as mãos tremerem de expectativa e insegurança. Olhei para Nakayama.

— Levei o projeto para uma reunião, mas, sinto muito, ele não foi aprovado. — Ela abaixou a cabeça, com uma expressão pesarosa.

— Ah, tudo bem. Fico lisonjeada por você ter levado o projeto para a reunião de pauta — retruquei, aflita, forçando um sorriso.

Eu tivera uma leve esperança de que Nakayama considerasse o projeto, por ela encarar tudo com seriedade, mas não imaginei que fosse chegar a apresentá-lo em uma reunião. Minha emoção foi mais de surpresa do que de felicidade, porém também fiquei decepcionada, pois senti que já haviam me rotulado como um fracasso no ramo audiovisual.

— Então é isso. Muito obrigada mesmo assim.

Eu estava em choque, mas dei um sorriso e fiz uma reverência em agradecimento.

Nakayama semicerrou os olhos por um instante ao me ver assim.

— Desculpe por não poder ajudar...

Ela abaixou a cabeça.

— Imagine.

— Bem, desculpe, mas preciso ir, está quase na hora da minha próxima reunião...

— Ah, claro, eu que peço desculpa por ter tomado tanto do seu tempo.

— Com licença. — Ela se despediu com uma breve reverência e deixou o café.

Mesmo depois de ela ter ido embora, não tive ânimo para me levantar. Permaneci sentada, olhando para fora pela janela, distraída. À medida que o tempo passava, um pensamento de revolta surgiu em minha mente: *Ela me chamou aqui só para dizer algo tão cruel assim?*

Mas ela achava que eu ainda morava naquelas redondezas... Pensando melhor, Nakayama dedicou o tempo dela para me dizer pessoalmente algo difícil de falar, quando poderia muito bem ter feito isso por e-mail. A reflexão me fez sentir certa gratidão pela disposição dela.

Será que está na hora de eu desistir?

Aquilo talvez fosse um sinal. Tive a impressão de que algo me dizia que já estava na hora de desapegar do trabalho de roteirista e das glórias do passado.

Levei aos lábios o café, que já havia esfriado, e soltei um suspiro.

— Oi, desculpa, mas acabei ouvindo a conversa de vocês. Então você é a roteirista Mizuki Serikawa? — Ouvi uma voz masculina vindo da mesa ao lado e levantei o rosto num impulso.

Achei o jeito de falar bem informal, mas ainda assim fiquei surpresa ao ver quem era o dono da voz. Era um rapaz magro, de uns 20 anos, com uma aparência bem glamourosa... Ou melhor, bem chamativa. O cabelo dele era colorido, loiro por cima e azul-celeste por baixo. Os olhos eram de um verde límpido, deviam ser lentes de contato. E ele usava óculos de aro vermelho, como que para dar uma quebrada no impacto da cor dos olhos. Com o celular na mão, ele me observava e abriu um sorriso. Os caninos eram salientes.

— Hã... É, sou eu — confirmei meio sem jeito, surpresa com o fato de um rapaz tão jovem me conhecer.

— Legal! As histórias que você escreve são muito boas — elogiou ele, semicerrando os olhos atrás dos óculos. Ele falava com muita casualidade, mas suas palavras me emocionaram. Entretanto, o que ele disse em seguida me atingiu em cheio. — Só que elas não fazem mais sucesso hoje em dia, né?

— *Oi?* — Foi tudo que eu consegui dizer, sem saber o que responder.

— É que são outros tempos. Se não acompanhar as mudanças, você fica para trás... E, nos trabalhos para a indústria audiovisual, essas coisas ficam ainda mais evidentes, porque são transmitidas para todo o país e tal. Aí não importa se o que você escreve é bom ou não. Quem trabalha com TV tem que saber acompanhar as tendências — tagarelava o rapaz com o indicador em riste.

Meus ouvidos captavam o que ele dizia, mas minha mente não conseguia processar. Do que esse garoto estava falando? Ele estava me chamando de roteirista obsoleta e dizendo que eu me colocasse no meu lugar? Porque isso eu já sabia, não precisava que ele me avisasse.

Quando senti que estava prestes a chorar, um homem surgiu atrás do rapaz e deu um tapa na cabeça dele.

— Ai! — exclamou o jovem.

— Que falta de respeito falar desse jeito. E quanta intromissão!

O homem que o repreendia, que devia ter uns 40 anos, estava de terno preto e gravata cinza. Tinha cabelo preto, um olhar frio e feições refinadas. Sentou-se à mesa do rapaz de aparência chamativa, em frente a ele. Seriam pai e filho?

Achei que a idade deles era próxima demais para isso. Além do mais, eram muito diferentes um do outro. O rapaz era excêntrico, enquanto o homem de terno parecia um professor — ou melhor, um mentor sereno e rigoroso.

— Peço desculpas — disse o recém-chegado.

Sinalizei que estava tudo bem para o homem. Ele abaixou a cabeça educadamente.

— Dona Mizuki, este senhor aqui é seu fã, sabia? — comentou o rapaz, dando um sorrisinho.

O homem de terno olhou de relance para ele e depois para mim, então fez uma breve reverência.

— Desculpe por tudo isso.

—Tudo bem. — Meneei a cabeça. Seriam tio e sobrinho?

— Fico feliz em saber que tenho fãs.

Era difícil de acreditar que eu ainda tivesse fãs àquela altura.

— Suas obras retratam protagonistas de muito bom senso, que trabalham arduamente para superar desafios. Gosto desse tipo de história.

Senti meu rosto ruborizar ao ouvi-lo dizer isso em tom grave, com o semblante sério. Não parecia estar falando que gostava do meu trabalho só por educação.

— Mas o estilo é ultrapassado, né? — acrescentou o rapaz, entrelaçando os dedos atrás da cabeça.

O homem o encarou, severo, e o rapaz se encolheu, murmurando um "Foi mal".

— Bom, vamos indo — disse o homem, levantando-se.

O rapaz também se pôs de pé, mas antes de sair me interpelou:

— Ah, dona Mizuki, se quiser se atualizar de acordo com os novos tempos, devia dar uma passada neste lugar aqui. — Ele deixou um cartão na minha mesa. — Como hoje é noite de lua cheia, vai estar aberto.

No cartão se lia CAFÉ DA LUA CHEIA. Abaixo do nome, indicava: Nijo, Kiyamachi, Sul. O lugar ficava perto dali.

— Nunca ouvi falar desse café — deixei escapar, quase em um murmúrio, mas quando olhei para cima os dois já não estavam mais ali.

Procurei ao redor e não os encontrei. Ao olhar para o lado de fora da janela, percebi que já havia escurecido.

Me atualizar de acordo com os novos tempos... O que poderiam me falar de tão importante em um café? Isso me custaria algo além do valor da bebida? E se fosse muito caro?

Pensei na aparência do rapaz: glamourosa demais, um ar suspeito. E também era estranho ele ser tão amigável.

Vou para casa. Mesmo que seja realmente só um café, não posso ficar desperdiçando dinheiro assim.

Eu me levantei devagar e deixei o hotel.

3

Tudo ficava perto do hotel: as estações de metrô e dos trens da linha Keihan e o ponto de ônibus. Contudo, eu não estava com vontade de voltar para a casa logo. Em vez disso, acabei perambulando até a rua Kiyamachi, que ficava no centro de Quioto. Estava relativamente movimentado, mas não havia tanta gente, considerando o fato de que eram as férias de primavera.

Cheguei à rua Kiyamachi e parei. O café que o rapaz mencionara ficava mais adiante, seguindo a rua na direção norte.

Vou só olhar a fachada... Com essa desculpa, entrei na rua.

À direita, viam-se casas de artesãos e comerciantes, uma ao lado da outra. À esquerda, o rio Takasegawa fluía tranquilo. Vi a ponte com a inscrição ICHINO FUNAIRI. No rio havia um barco com barris de saquê. Um grande comerciante chamado Ryoi Suminokura construiu um canal que ligava Nijo e Fushimi no período Edo e fez nove postos de ancoragem entre Nijo e Yojo para carga e descarga de mercadorias. Ali era um desses postos, chamado de Takasegawa Ichino Funairi.

O barco era uma réplica das embarcações da época. Ao lado dele havia um canteiro de cerejeiras em flor, cujas pétalas balançavam no ar. *Que paisagem elegante!*, pensei.

A casa dos meus pais ficava em Hiroshima. Conheci Quioto na viagem de formatura do ensino fundamental. Desde então, sempre quis morar na cidade e insisti com os meus pais que me deixassem estudar numa universidade de lá. Estreei como roteirista durante a faculdade e ainda consegui ser professora em Quioto. Tudo na época parecia estar dando certo. Só que, no momento, aquela época era como um sonho muito distante.

Então vi a placa CAFÉ DA LUA CHEIA e engoli em seco.

Existe mesmo..., concluí. Havia uma seta na placa que apontava para uma viela bem estreita. Velas iluminavam o chão, deixando o ambiente belo e místico. *Como seria esse café?* Senti a curiosidade crescendo dentro de mim.

Sempre gostei de explorar a cidade. Antigamente, costumava dedicar tanto tempo a sair em busca de inspirações para minhas obras quanto dedicava à escrita em si. Tinha me esquecido dessa sensação de entusiasmo.

Avancei pela viela, um pouco tensa. Um portão que parecia um túnel levava até as margens do rio Kamogawa.

Nossa, a viela dá no rio?

Surpresa, olhei para cima e então vi a lua cheia, grandiosa, iluminando as cerejeiras em flor. O rio refletia o luar e fluía, bem cheio. Olhei para o rio abaixo e tive a impressão de ver um vagão de trem bem abaixo da lua. Ao prestar mais atenção, percebi que não era um vagão, mas um carro. Um micro-ônibus, ou melhor, um trailer. Havia duas janelas e, diante de cada uma delas, um pequeno balcão que comportava apenas uma pessoa. Na lateral do veículo viam-se uma luminária no formato de lua cheia e uma placa: CAFÉ DA LUA CHEIA. Ao ler o nome no cartão, eu presumira que seria um café retrô, mas pelo visto me enganara. Estava mais para um café itinerante e moderninho.

A luminosidade fraca à beira do rio dava um ar místico ao ambiente. Aparentemente, não tinha espaço para consumo dentro do trailer, mas havia três mesas dispostas na frente do veículo. Em uma delas, vi um coelho de pelúcia. Aquilo era para indicar uma reserva? Havia até uma xícara de café diante do coelho, e a chama de um lampião tremulava na mesa.

— Que lindo! — exclamei e me aproximei, empolgada.

— Seja bem-vinda. Por favor, fique à vontade para escolher sua mesa — disse uma voz masculina vinda do interior do trailer, serena e gentil.

Não vi quem falava; a pessoa devia estar agachada pegando alguma coisa. Fiz uma breve reverência, mesmo sabendo que quem quer que fosse não estava me vendo, e me sentei. Não sabia que havia um café itinerante tão encantador estacionado à beira do rio Kamogawa. O rapaz do hotel dissera que estaria aberto naquela noite porque era noite de lua cheia, então o trailer não devia ficar sempre ali.

Que bom que tomei coragem e vim aqui.

Contente, apoiei o queixo nas mãos e me surpreendi ao olhar para cima. O céu estava cheio de estrelas. Um céu absurdamente estrelado, algo raro de se ver no Japão hoje em dia. Dava para ver até a Via Láctea, parecia que eu estava em um planetário.

— Uau!

— Ah, o café daqui é bom mesmo! — intrometeu-se uma voz.

Surpresa, eu me virei para trás. A voz tinha vindo da mesa em que eu vira o coelho de pelúcia. Agora, no entanto, estava ocupada não pelo coelho, mas por um idoso trajado com um fraque preto que parecia uma roupa de festa de gala. Não me lembrava de tê-lo visto por perto...

O cavalheiro bebeu todo o café, degustando-o, então se levantou devagar e devolveu a xícara ao balcão do trailer.

— Obrigado. O café daqui é mesmo o melhor.

— Eu é que agradeço.

Mais uma vez, não deu para ver quem estava falando, porque o senhor bloqueava a visão, e a iluminação do trailer era ofuscante, mas a voz do atendente transmitia um tom de contentamento.

O senhor desatou a andar, todo elegante, e em seguida olhou para mim e sorriu. Fiz uma breve reverência em retribuição. Ao passar por mim, ele abaixou a cabeça e murmurou algo ininteligível.

O que foi que disse? Confusa, levantei o rosto e não acreditei no que vi. O senhor havia se transformado em... um coelho! Mas ele andava como bípede, seguindo seu caminho pela margem do rio.

Espantada, esfreguei os olhos, mas, ao abri-los novamente, ele já não estava mais lá. Aquilo tinha mesmo acontecido?

Enquanto eu tentava compreender tudo, escutei uma voz gentil:

— Como posso ajudá-la?

Ao me virar, deparei com um grande gato tricolor de avental azul-marinho que segurava uma bandeja com copos. Boquiaberta, eu o encarei. Ele devia ter uns dois metros e estava de pé. O rosto era redondo e os olhos pareciam sorrir no formato de lua crescente.

O gato havia falado. O gato estava segurando uma bandeja. E o gato era enorme! Será que aquilo era uma fantasia muito bem-feita?

Com a cabeça rodopiando, olhei-o dos pés à cabeça, sem saber o que era mais chocante. *A pelagem dele parece bem fofa, deve ser uma delícia dar um abraço nele*, pensei em meio à minha confusão. Mil perguntas brotavam sem parar na minha mente, mas eu não conseguia pronunciar uma palavra.

O tricolor pareceu se divertir com a minha reação, pois estreitou os olhos, mostrando-se satisfeito.

— Que bom que veio! Desculpe por ter assustado você. — Assenti de leve como quem diz "Não tem problema". — Muito prazer. Seja bem-vinda ao Café da Lua Cheia! — continuou o gato, colocando um copo na minha mesa.

Agradeci acenando com a cabeça. O copo era ligeiramente abaulado e continha água com três cubos de gelo. Com o leve impacto de ter sido posto na mesa, fragmentos brilhantes que pareciam pó de ouro tremeluziram na superfície da água, refletindo a luz. *O que é isso?*, me perguntei. Aproximei o rosto do copo, mas a luz já havia sumido. Fora só impressão minha?

Toda essa sucessão de assombros acabou deixando minha garganta seca. Peguei o copo e bebi a água de uma só vez. Era a água mais fresca que eu já tomara. Parecia que ela era absorvida naturalmente e se espalhava pelo meu corpo todo depois de descer pela garganta. Isso, sim, era uma água realmente gostosa.

Clanc. O gelo bateu no copo, emitindo um som. Nunca imaginei que me emocionaria ao beber um copo de água com gelo em uma noite de primavera. Embora ainda estivesse um tanto frio, era uma noite bem agradável. Depois de tomar a água, me senti mais calma.

— Sou o dono deste café. Peço desculpa pela forma desrespeitosa com que um dos meus funcionários falou com você hoje.

— Seu funcionário? — Consegui enfim pronunciar algo, ainda sem entender nada.

— Sim. Ele falou deste café para você.

Nesse momento, dois gatos surgiram do nada e se sentaram em cima da mesa. Um deles tinha orelhas grandes e uma aparência exótica. Gosto de gatos, então entendo das raças, por isso logo vi que aquele devia ser um singapura. O outro tinha pelagem preta e branca, um frajola. O singapura tinha belos olhos verdes redondos, e o frajola, olhos acinzentados um tanto puxados. Ambos eram gatos de tamanho normal.

— Ah, dona Mizuki, você veio mesmo. Que bom! — disse o singapura.

Como eu já havia visto o gato gigante falar, ver um gato de tamanho comum falando não foi tão impactante, mas ainda assim me surpreendi.

— Hein?

Em seguida, o gato frajola fez uma breve reverência com um olhar sério.

— Senhora Serikawa, peço desculpa pelo que aconteceu hoje.

A atitude deles me fez lembrar dos dois homens que encontrara no café do hotel, o que me deixou perplexa.

— Não pode ser! Vocês são os homens de hoje mais cedo? O que vocês são? Monstros? — disparei sem pensar, e os três gatos se entreolharam e riram.

— Às vezes nos transformamos em humanos, mas não somos monstros.

— Isso mesmo. Que grosseria, hein?

Fiquei constrangida e achei de bom-tom me desculpar.

— Então o Café da Lua Cheia é um... café de gatos? — perguntei, quase sem conseguir respirar.

Uma cafeteria de gatos... Que coisa fantasiosa, de contos de fadas. Dei uma risada amarga, achando graça dos meus pensamentos. *Pode ser que eu tenha adormecido e esteja sonhando. Ou melhor, é claro que estou sonhando!* Pensar nisso me fez relaxar.

Em resposta à minha pergunta, os três gatos se entreolharam de novo e assentiram com a cabeça de um jeito ambíguo.

— É mais ou menos isso — respondeu o frajola.

— Mas esta forma também não é a nossa forma verdadeira — explicou o singapura enquanto coçava atrás da orelha.

Como assim? No instante em que me inclinei para a frente, curiosa para saber mais, o frajola pigarreou, o que fez com que o singapura cobrisse a boca com a patinha depressa. Então o tricolor levou a pata ao peito e retomou o atendimento.

— O Café da Lua Cheia não tem endereço fixo. Ele surge cada hora em um lugar: às vezes no centro comercial que você frequenta, na estação final da linha de trem ou até às margens calmas de um rio. E o nosso estabelecimento não aceita pedidos dos clientes.

Ainda com a pata no peito, ele fez uma reverência.

— Então eu não posso escolher o meu pedido? — indaguei, e o tricolor confirmou que não. — Aquele senhor que estava aqui bebeu um café. Quer dizer que não foi ele quem escolheu?

— Isso mesmo.

— Mas é que eu também queria um café…

O tricolor semicerrou os olhos, um tanto sem jeito.

— Costumamos servir o nosso café para adultos que já passaram por muitas coisas na vida, saborearam tanto as coisas amargas quanto as doces. Ainda não é indicado para uma garota como você.

Arregalei os olhos, e ele deu uma risadinha, contido.

— Garota? Mas já tenho 40 anos!

— Aos 40 anos, astrologicamente falando, as pessoas estão na fase de Marte no ciclo planetário. Você ainda é uma garota.

— Hã? Fase de Marte?

— Você conhece o Sistema Solar, no qual a Terra está inserida?

— É claro — respondi. — Mercúrio, Vênus, Terra, Marte, Júpiter, Saturno, Urano, Netuno e Plutão. Não é?

Quando eu era criança, para decorar os planetas usávamos como macete a frase "Minha vó, traga meu jantar: sopa, uva, nozes e pão". Ah, se bem que eu tinha ouvido falar que Plutão deixara de ser planeta nos últimos anos.

— Correto. — O tricolor, dono do café, levantou o que deveria ser o indicador. — Bem, as fases da vida também envolvem o Sol e a Lua, e seguem a ordem Lua, Mercúrio, Vênus, Sol, Marte, Júpiter, Saturno, Urano, Netuno e Plutão. — Então ele começou uma longa explicação sobre os ciclos planetários e as fases da vida: — Primeiro vem a Lua, que corresponde ao período entre o nascimento e os 7 anos de uma pessoa. É nessa época que se desenvolvem a percepção, a sensibilidade e as emoções. Depois vem Mercúrio, dos 8 aos 15 anos de idade. Mesmo ainda sendo pequeno e com uma série de restrições, é quando se começa a ter um papel mais ativo na sociedade e se aprende diversas coisas mais complexas. No mundo humano, isso corresponde a grande parte dos anos escolares.

"Em seguida, Vênus. O ciclo de Vênus vai dos 16 aos 25 anos, um período em que, além dos aprendizados do ciclo de Mercúrio, a pessoa começa a prestar atenção à aparência, descobre atividades prazerosas e se apaixona. Vênus representa *hobbies*, diversão e paixão, e corresponde ao fim da adolescência."

Faz sentido, pensei. E o tricolor prosseguiu:

— Então vem o Sol. O ciclo do Sol vai dos 26 aos 35 anos e representa a fase em que, após os aprendizados de Mercúrio e os prazeres de Vênus, finalmente se começa a trilhar o próprio caminho de forma autônoma. O que nos leva a Marte, que é o ciclo em que você está. É o período dos 36 aos 45 anos, quando se utiliza os muitos aprendizados adquiridos para enfim colocar as habilidades em prática.

— É, bem que dizem que aos 40 estamos no auge da carreira... — comentei meio sem jeito.

Ele seguiu com a explicação:

— O ciclo de Júpiter vai dos 46 aos 55 anos. O ciclo de Saturno vai dos 56 aos 70 anos. O ciclo de Urano, dos 71 aos 84 anos. O ciclo de Netuno, dos 85 anos até a morte. E o ciclo de Plutão representa o momento da morte em si. Portanto, o ciclo de Marte corresponde à fase em que a vida adulta começa de verdade. Por isso você ainda é uma garota.

— Meu rosto corou ao ouvir "garota" novamente. — Mas há

um porém — continuou ele. — Quando os ciclos da Lua, de Mercúrio, de Vênus e do Sol não são devidamente vividos, às vezes não é possível avançar para o próximo ciclo.

— O que significa não ser devidamente vivido?

Eu me inclinei para a frente a fim de saber mais, porém ele sorriu e mudou de assunto.

—Você está com fome?

Só nesse momento percebi que estava com fome, sim. Não comera nada desde o lámen instantâneo do almoço. Eu me perguntei como minha fome podia parecer tão real em um sonho.

Então um cheiro adocicado chegou às minhas narinas. Olhei para cima e vi o dono do café segurando uma bandeja com panquecas.

— Panqueca com manteiga da lua cheia, uma das especialidades da casa — disse ele, orgulhoso, ao me servir o prato e uma xícara de chá preto. — Havia várias panquecas redondas empilhadas no prato branco com uma bola de manteiga no topo. — É um dos carros-chefes das noites de lua cheia.

— Experimente com a calda de estrelas — sugeriram o singapura e o frajola.

Gostei da ideia e cobri as panquecas com a calda. Fazendo jus ao nome, a calda de estrelas cintilava em tons de dourado e prateado à medida que caía sobre a manteiga e se espalhava pelas panquecas.

— Parece muito gostoso.

Abaixei a cabeça, meio desajeitada, e peguei os talheres. A faca e o garfo prateados refletiam tudo como um espelho. Cortei um pedaço da panqueca e levei à boca. Tinha um sabor levemente adocicado e uma textura airada. A manteiga, encorpada, conferia um equilíbrio perfeito à refrescância da calda de estrelas. Ao mesmo tempo que parecia que eu nunca tinha comido algo assim antes, era como se uma espécie de nostalgia me invadisse. Senti no fundo do coração que era exatamente aquilo que eu desejava comer naquele momento.

— Que delícia! — exclamei, e saboreei a iguaria como se fosse a primeira vez na vida que comia panquecas. Bem, devo ter sentido algo parecido ao comê-las quando era criança.

O gato tricolor e o singapura sorriam, contentes, enquanto observavam a minha reação. O frajola, por sua vez, mantinha uma expressão neutra, mas acho que estava contente também, porque tinha o rabo levantado.

Em seguida, peguei a xícara de chá preto. Não tinha nenhum outro ingrediente: era chá puro. Levei-o aos lábios devagar e senti um gosto suave e sem amargor, mas intenso. O calor do chá foi se espalhando pelo meu corpo, envolvendo-me com delicadeza.

— O chá também está ótimo.

— É chá preto feito com folhas colhidas em noite de lua cheia. É bom para libertar — explicou o dono do café.

— Libertar? Como assim?

— É que a lua cheia tem o poder do desapego, nos ajuda a desapegar de coisas, inclusive de emoções negativas, como o remorso, a inveja e a obsessão.

Remorso, inveja e obsessão... Levei o chá aos lábios mais uma vez enquanto pensava nisso. *Quero me desapegar também da preocupação com a opinião alheia, do medo das críticas, do péssimo hábito de me esquivar da realidade.*

— Tomara que eu consiga mesmo me livrar dessas coisas — murmurei, e uma lágrima escorreu, mas enxuguei os olhos depressa.

— Ah, não precisa se preocupar, não tem ninguém aqui... Só gatos, né? — disse o frajola com naturalidade, o que me fez rir.

O dono do café lançou um olhar gentil para mim.

— Você não tem o hábito de chorar, não é? É muito bom chorar para aliviar a dor, você devia tentar... A água tem o poder de lavar tudo.

Eu realmente não costumava chorar, mesmo em meio às dificuldades. Só me encolhia em posição fetal, amedrontada, querendo me esconder do mundo.

A lágrima que escorreu pelo meu rosto era quente. Ao pingar do meu queixo, reluziu que nem a calda de estrelas. Deixei as lágrimas correrem livremente, como se dessem vazão a todo o sofrimento que eu carregara até então. Depois de chorar por um tempo, levantei o rosto e descobri que o dono do café não estava mais ali. Nem o gato singapura ou o frajola. Olhei em volta e me virei para trás, então vi os três dentro do trailer do Café da Lua Cheia. Quando perceberam que eu estava olhando, abaixaram a cabeça, como se quisessem me deixar à vontade.

Fiz uma breve reverência e voltei os olhos para a mesa. As panquecas ainda estavam quentes, e a manteiga, já derretida, tinha sido absorvida pela massa. Dei uma nova garfada. Então ouvi o som de um piano vindo de algum lugar. Beethoven, Sonata para piano n° 8 em dó menor, op. 13, conhecida como "Sonata Patética". Eu achava a música triste, mas muito bonita. O ritmo começava bem cadenciado. A melodia parecia evocar um passeio pela margem do rio Kamogawa, com paradas para admirar a lua, as cerejeiras e recordar tempos remotos, deixando-se levar pelas lembranças.

O meu passado não era um mar de rosas. Na verdade, havia acontecido muitas coisas na minha vida que ainda me davam um aperto no peito só de pensar. Aquilo, sim, era "patético".

— Talvez a "Sonata Patética" seja uma música que cure as feridas de um coração machucado — comentei baixinho para mim mesma e peguei a xícara.

Uma grande lua cheia iluminava a superfície do rio.

4

— Gostaria de mais chá preto? Você pode experimentar com leite desta vez.

Eu estava absorta, observando o rio Kamogawa, mas voltei a mim quando ouvi a voz. Ao olhar na direção dela, vi o gato tricolor na minha frente, segurando um bule redondo prateado.

— Aceito, sim, por favor. Obrigada.

Empurrei a xícara, o gato serviu o chá, em seguida pegou um jarro de porcelana branca e acrescentou o leite.

— Este é o leite das estrelas, coletado na Via Láctea — explicou ele, depois olhou para o céu.

Na mitologia grega, a Via Láctea, que podia ser vista nitidamente naquela noite, era associada ao leite, por isso tinha esse nome.

A adição do leite ao chá fez a cor da bebida mudar de âmbar para um tom perolado. Abaixei a cabeça em agradecimento e levei a xícara aos lábios. O sabor mais suave, diferente do chá puro, fez meu rosto relaxar.

— O leite transforma completamente o chá — comentei, como se estivesse em um monólogo. O dono do café sorriu, concordando. — O que você estava dizendo ainda há pouco sobre a Lua, Mercúrio, Vênus... Talvez seja parecido com o processo desse chá preto.

— É mesmo? Em que sentido?

— Primeiro vem a água, então ela é fervida e vira chá quando fazemos a infusão das folhas, e depois se torna outra coisa ao misturarmos leite — expliquei, pensativa.

O tricolor deu um riso contido.

— Roteiristas têm mesmo uma expressividade aguçada.

— Ah, foi só um devaneio... — Senti meu rosto ruborizar.

— Mas achei a associação muito pertinente. Porque a água vai mudando conforme as experiências pelas quais ela passa.

Ao ouvir essas palavras, me lembrei de algo que tinha ficado na minha cabeça.

— Quando você explicou os ciclos planetários, o que quis dizer com "devidamente vividos"?

O gato apontou para a cadeira em frente à minha, do outro lado da mesa.

— Posso me sentar?

Fiz que sim com a cabeça e ele se sentou, mas a cadeira parecia um tanto pequena para um gato gigante.

— Cada ciclo é composto por alguns aprendizados necessários, que, quando não são adquiridos, deixam você de recuperação, digamos.

— Hum... — soltei, sem entender muito bem a explicação.

— Por exemplo, se no ciclo da Lua, ou seja, nos primeiros anos da infância, a pessoa não desenvolver uma relação adequada com os pais, pode acabar tendo muitos conflitos com eles no ciclo do Sol, entre os 20 e poucos e os 30 e poucos anos. Assim como, se a pessoa não estudar direito na fase escolar pós-alfabetização, no ciclo de Mercúrio, vai acumular mais coisas para aprender no ciclo de Marte.

Refleti sobre o que o felino tinha falado. Muitas pessoas que cresciam sem nunca confrontar os pais acabavam mesmo tendo grandes conflitos com eles quando adultos, como se passassem por uma adolescência tardia. Além disso, recordei uma conversa que tive no passado com o presidente de uma grande corporação, que me contou não ter levado a escola a sério nem cursado o ensino médio e que, quando abriu a empresa e começou a obter sucesso nos negócios, percebeu que precisaria estudar uma infinidade de coisas, o que tornou tudo muito mais difícil. Eu me lembro claramente de ele me dizer, rindo: "Não é que a gente acaba tendo que estudar em algum momento da vida?"

Eu assentia, satisfeita com a explicação, quando o gato frajola se aproximou, subiu na mesa e acrescentou:

— Mas você viveu devidamente os ciclos da Lua e de Mercúrio.

Quando criança, talvez por ser a segunda filha dos meus pais, consegui estabelecer uma boa relação com eles, me expressar abertamente sem me sentir reprimida. Quanto à escola, eu era esperta e gostava de ser elogiada, então me dediquei aos estudos. Certa vez, meu pai disse: "Você seria uma boa professora, Mizuki", e eu fiquei muito feliz.

O gato singapura veio e também subiu na mesa, deitando-se com a cabeça apoiada nas patinhas.

— Só que, no ciclo de Vênus, você se dedicou aos seus *hobbies* em detrimento do amor, não foi?

O comentário certeiro fez com que eu me encolhesse um pouco. Era verdade. Dos 16 aos 25 anos, o tal ciclo de Vênus, eu tinha focado mais nos meus interesses do que em romances. Como gostava de escrever, entrei para o clube de literatura e me dediquei a fazer zines, alguns bicos e assistir a peças dos meus atores preferidos. Estava mais interessada nos romances fictícios do que em viver um de verdade, e só fui me apaixonar no quarto ano da faculdade, por um rapaz que conheci numa festa para colegas que haviam arranjado um emprego. Nós dois éramos os únicos solteiros, então todos ficaram tentando nos juntar, meio na brincadeira, dizendo que podíamos ficar. Primeiro demos umas risadinhas, sem graças, e comentamos "Que saia justa, né?", mas depois entramos na onda e combinamos de ir ao cinema.

Ele não fazia muito o meu tipo, não era tão atraente, mas tínhamos interesses em comum, e ele era uma companhia agradável, eu me sentia tranquila com ele. Decidimos namorar, e após seis anos ele me pediu em casamento. Aparentemente, os pais e o chefe dele tinham dito que "já estava na hora de sossegar". Só que, na época, eu estava muito focada no trabalho de roteirista, então não pude aceitar. Por isso terminamos.

Depois, conheci um rapaz mais jovem que era diretor--assistente de um canal de TV regional e começamos a sair.

Namoramos por quase dez anos sem sair muito do lugar. Enquanto ele era promovido ano após ano, eu decaía. Nos últimos anos, ele deve ter cansado de se sentir pressionado pelas minhas perguntas sobre quando nos casaríamos. Começou a me procurar cada vez menos, até que um dia me deixou em choque com a seguinte mensagem: "Eu vou me casar." Eu achava que a namorada dele era eu! Como assim ele iria se casar? A única coisa que consegui responder foi um "Haha" sem emoção.

Essas lembranças me deixaram deprimida.

— Quando você não se dedica ao amor, as coisas acabam assim. Tudo que acontece na sua vida é resultado das suas próprias ações — sentenciou o frajola num tom neutro.

Realmente, nos últimos anos do nosso relacionamento, eu só focava em mim. Ou melhor, procurava não focar muito nele, porque não queria encarar o fato de que ele estava se afastando.

— Tio, você está pegando pesado com ela — comentou o singapura.

O frajola fechou a cara.

— Eu não quis pegar pesado...

—Você é duro demais! Foi mal, viu, dona Mizuki? Por que você não prepara um doce especial para se desculpar, tio?

— Está bem — disse o frajola, então desceu da mesa e entrou no trailer.

Não achei que ele tinha pegado pesado comigo, mas adorei a ideia de um doce especial.

O dono do café deu um tapinha nas minhas costas.

— Você viveu tranquilamente no ciclo da Lua, estudou com afinco no ciclo de Mercúrio e se divertiu bastante no ciclo de Vênus, então conseguiu brilhar bastante no ciclo do Sol.

O ciclo do Sol, dos meus 26 aos 35 anos, foi mesmo a minha era de ouro. Eu me sentia como se tivesse conseguido tudo que queria do mundo.

— Mas por que agora eu... — Não consegui terminar a pergunta, me sentindo sufocada.

Ele então soltou um leve suspiro e ponderou:

— Talvez a sua visão tenha sido ofuscada pelo seu brilho no ciclo do Sol e por isso você não tenha conseguido colher aprendizados.

— É, dona Mizuki. Você foi seguindo em frente sem saber o que fazia suas obras serem um sucesso, não é? — observou o singapura.

O comentário me atingiu em cheio, porque era verdade. O dono do café tentou amenizar a situação.

— Você está na fase da recuperação. O problema é que está evitando encarar o aprendizado.

Fiquei sem palavras. Não sabia exatamente do que se tratava a recuperação, mas eu andava mesmo fugindo da realidade.

— E o que eu devo fazer na fase da recuperação? — Levantei o rosto e olhei para eles.

— O primeiro passo é conhecer a si mesma — respondeu o singapura, dando um sorriso.

Conhecer a si mesma. Na teoria é algo fácil, mas na prática é tão difícil...

O gato tricolor, então, pegou um relógio de bolso do avental.

— Posso ler seu mapa astral?

— Meu mapa astral? — Ergui a sobrancelha.

— Além de ser o dono do Café da Lua Cheia, também leio os astros.

— Como assim? Você é astrólogo?

Ele fez que sim com a cabeça.

Ah, astrologia. Senti um leve desapontamento. Meu signo era peixes, mas por apenas um dia não nasci ariana. Talvez isso explicasse por que tantas coisas no meu horóscopo não pareciam bater muito com a realidade.

— O que foi, dona Mizuki? Você pareceu murchar de repente — perguntou o singapura, me olhando com atenção.

— É que nunca acreditei muito em horóscopo, as previsões não parecem ter muito a ver comigo — confessei, hesitante.

Os dois gatos se entreolharam e deram uma risadinha.

— Ah, o que o nosso mestre faz não é bem ler o futuro ou prever sua sorte.

— Não é uma leitura do horóscopo?

O tricolor fez que não com a cabeça e disse:

— Você deve estar se referindo ao horóscopo dos doze signos solares, né?

Assenti vagamente.

— Isso é só um dos aspectos da astrologia. A leitura astrológica analisa cuidadosamente o mapa astral de alguém com base nos registros dela.

— Registros? Como assim?

Não entendi muito bem. Ele, então, disse:

— Deixe-me perguntar novamente: posso ler o seu mapa astral?

— Ah, tudo bem... Pode.

O tricolor pediu licença, encostou o relógio de bolso na minha testa e o abriu. Notei que, por dentro, não era um relógio comum, mas, sim, um display com elementos astrológicos. Quando ele pressionou a coroa do relógio, a superfície do objeto brilhou e um grande mapa astral foi projetado no céu.

— Este é o seu mapa astral natal — revelou, olhando para cima.

— Uau! — deixei escapar. — O mapa astral natal gigantesco exibido no céu noturno, logo acima da minha linha de visão, era impressionante. — O que ele mostra?

—Tudo sobre você.

Tudo? Arregalei os olhos, sem conseguir refrear meu ceticismo. *Isso é impossível.*

Aparentemente lendo meus pensamentos, o dono do café fitou o mapa de olhos quase fechados. Em seguida, ele começou:

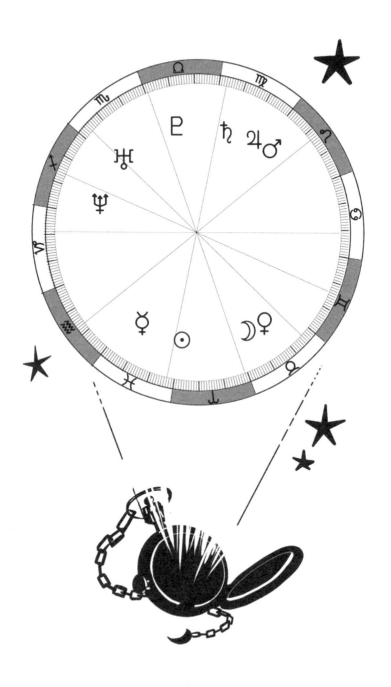

— Dizem que a astrologia ocidental surgiu por volta de 2 mil anos a.C., na Babilônia. É algo que existe há mais de 4 mil anos.

— Faz muito tempo, então...

— Sim. Talvez você ache que é algo ultrapassado, que as pessoas de antigamente não tinham o conhecimento que se tem hoje em dia, mas a criatividade e a capacidade cognitiva sempre existiram. O conhecimento humano é poderoso, e foi todo o conhecimento acumulado ao longo do tempo que nos trouxe até aqui, a esta época em que o ser humano pode até viajar ao espaço, não é mesmo? — explicou em tom gentil. Assenti. Ele prosseguiu: — As pessoas daquela época concentraram todo o conhecimento então disponível na astrologia. Para elas, isso não era *ler a sorte*, e sim uma ciência. A astrologia pode não levar as pessoas ao espaço, mas serve de bússola para nos mostrar o passado e o futuro, e isso tudo valendo-se da sabedoria dos astros.

— Bússola... — murmurei baixinho.

— E o mapa natal, por sua vez, revela as características elementares de uma pessoa. Ainda há pouco você estava comparando a vida ao chá, fazendo uma analogia com o modo como a água se transforma durante os estágios do processo. — Fiz que sim, e o gato continuou: — Bem, pessoas diferentes partem de circunstâncias diferentes. Algumas podem começar como leite em vez de água, ou como algo completamente diferente, tipo a terra. Às vezes a terra se torna barro e pode acabar se tornando uma construção.

— Exato — soltou o singapura ao ouvir a explicação.

— E esse mapa nos ajuda a saber se você é água, leite ou terra — concluiu o mestre.

Aceitei essa analogia simples sem resistência.

— Então vou saber qual é a minha natureza?

O singapura fez que sim com a cabeça.

— Ao sabermos a natureza da pessoa, é possível reconhecer as limitações dela. Por exemplo, alguém de terra não conseguiria virar chá com leite, por mais que se empenhasse.

A comparação peculiar me fez rir.

— Isso seria mesmo complicado — comentei.

O tricolor assentiu, então disse:

— Agora vamos olhar para o mapa astral outra vez.

Olhei para cima, dessa vez sem ceticismo.

— Ele é circular e está dividido em doze casas, como um relógio. — Sinalizei que havia entendido. — Vamos comparar a vida humana com uma planta — continuou. — Metade fica acima do solo e metade fica abaixo do solo, ou seja, são as raízes.

— Certo.

— Quando a qualidade do solo melhora, a planta consegue florescer. Quando você achar que está com dificuldades de florescer, é porque precisa verificar como está a situação da raiz.

Quando ele terminou a última frase, a parte inferior do mapa emitiu um brilho suave.

— A parte superior do mapa é o Sul e a inferior é o Norte. A parte esquerda representa o Leste e a direita, o Oeste. A casa 1 começa na extremidade Leste, onde o Sol nasce. A casa 1 representa você mesma.

A casa 1 brilhou levemente.

— Essa parte me representa? — perguntei, incerta, absorvendo o que ouvia, mas sem entender muito bem.

— A sua casa 1 começa em capricórnio. — O mestre apontou para um símbolo que parecia a letra N com um laço na perna. — Pessoas de capricórnio geralmente têm um forte senso de ética, levam as coisas a sério e são dedicadas. Não gostam de nada errado e são ambiciosas.

Engoli em seco. A descrição se encaixava com várias características minhas.

O singapura apontou para o mapa astral e acrescentou:

— Mas a casa 1 dela está entrando em aquário ali no meio, não?

Debaixo do símbolo do N com um laço na perna havia outro, de duas linhas em zigue-zague. Devia ser o símbolo de aquário.

— Isso significa que, com o passar do tempo, você também desenvolve características de aquário — explicou o singapura. — Como a capacidade de coletar informações e analisar as coisas de um jeito mais racional.

Assenti para mostrar que estava acompanhando a explicação.

— O símbolo de aquário parece com ondas de rádio, não acha? — comentou o mestre e desenhou duas ondas no ar.

Realmente... Agora que ele disse, parecem mesmo ondas de rádio.

— Dizem que aquário é o signo das profissões ligadas aos meios de comunicação e à internet. Você quis ser professora quando era criança e chegou a exercer essa profissão, mas acabou optando por se tornar roteirista. Isso pode ter sido influenciado pela posição da sua casa 1, que muda de capricórnio para aquário.

Ao ouvir isso, senti um calafrio que não soube interpretar. Talvez tenha sido a sensação de que era como se ele soubesse tudo da minha vida. E prosseguiu:

— Vou aproveitar para falar mais sobre aquário. É algo importante para vocês.

— Como assim "vocês"? — indaguei, confusa.

— Todos que vivem estes tempos.

Fiquei estarrecida com a dimensão da conversa.

5

— Até pouco tempo, nós estávamos na era de peixes, mas recentemente entramos na era de aquário.

Inclinei a cabeça de lado.

— Como assim? Que era?

O dono do café pressionou a coroa do instrumento que parecia um relógio e disse:

— Em termos astrológicos, isso se refere à precessão do equinócio vernal da Terra, que mudou de peixes para aquário.

Surgiu próximo ao mapa o símbolo de dois peixes amarrados com uma corda.

— Nós estávamos na era de peixes desde mais ou menos o nascimento de Cristo, mas ela acabou no ano 2000.

— Nossa, a era de peixes durou uns dois mil anos?

O singapura respondeu como se fosse muito óbvio:

— Claro. E nos próximos dois mil anos será a era de aquário.

Meu rosto revelava meu espanto, o que fez o tricolor dar uma leve risada.

— Ou seja, vocês estão completamente ligados a aquário — disse ele.

Quer dizer que será era de aquário até eu morrer. Talvez até quando eu, quem sabe, reencarnar.

— A era de peixes foi marcada por dualidade e conflitos, como indica o símbolo com dois peixes. Não à toa foi chamada de classicista e meritocrática, porque todo mundo estava nadando desesperado em busca do topo da hierarquia, feito cardumes.

Percebi que aquilo era verdade: todos buscavam se formar em instituições de ensino renomadas e arranjar empregos em companhias de primeira linha.

— E agora isso mudou?

O singapura deu um sorrisinho sem graça.

— Ainda não totalmente. Afinal, a última era durou longos dois mil anos e não dá para mudar tudo assim de repente.

O gato tricolor concordou.

— Mesmo tendo começado uma era nova, os resquícios da anterior não desaparecem de uma hora para a outra. Alguns efeitos persistem por mais uma década, às vezes até mais. A transição é gradual, como uma transição de carreira.

Imaginei os signos trocando de posto e não contive um risinho.

— Como vai ser a era de aquário? — quis saber.

O mestre ia responder, mas o singapura, que estava sentado, levantou-se e pôs a pata no peito, empertigando-se.

— Deixa que o senhor Uranus aqui explica sobre a era de aquário.

Ah, então o singapura se chama Uranus. Que nome diferente.

— O grande tema de aquário é revolução — começou ele.

— Revolução?

— É. Aquário revoluciona os valores herdados de eras passadas. Com isso, acaba preparando o terreno para que ocorram muitos desastres, tanto os naturais quanto os provocados pelo homem. Infelizmente, a gente não controla o alinhamento dos astros.

De fato, nos últimos anos tinham havido guerras e grandes desastres naturais.

— Mesmo sendo culpa do alinhamento dos astros, é tão triste que esses desastres e guerras aconteçam... — As palavras simplesmente escaparam da minha boca.

O singapura se retraiu, como se eu o tivesse agredido. Então o tricolor se pronunciou, um pouco sem jeito:

— Os astros não decidem *o que acontece* nas revoluções. Isso está nas mãos das pessoas.

— Das pessoas? — Ergui as sobrancelhas.

— É que... — começou a explicar, com certo desânimo, o singapura. — Revoluções são como as provas finais da escola. O resultado delas é a consequência de tudo que foi feito até ali.

Ele deve ter dado esse exemplo por eu já ter sido professora, mas não compreendi com exatidão. Ao ver a forma como inclinei a cabeça de lado, o mestre sorriu e explicou:

— Imagine a Revolução Francesa. Se a relação entre a monarquia e o povo naquela época fosse boa, as coisas não teriam sido como foram. E a mesma lógica vale para explicar todo o caos dos últimos anos. As pessoas por muito tempo ignoraram algumas coisas, e aí veio a era da revolução e todos os problemas eclodiram. Não foi culpa dos astros. Se as pessoas encarassem os problemas com seriedade, flexibilidade e mais proatividade, as revoluções seriam menos agressivas.

Entendi o que ele quis dizer. Isso seria mesmo o ideal. Mas...

— Isso não vai acontecer — soltei num impulso.

O tricolor concordou, com uma expressão triste, enquanto o singapura coçou a cabeça e afirmou:

— É por isso que as revoluções são sempre estrondosas. Depois que elas começam, todo mundo deseja que as coisas voltem a ser como eram antes, mas é como na guerra: uma vez que estoura, não tem mais volta.

Só nos resta esperar que acabe, para então começarmos um mundo novo, pensei com amargura.

— Então as pessoas não têm alternativa a não ser mudar seus valores radicalmente — prosseguiu o singapura. — O mundo está saindo da era de peixes e começando a de aquário. Ou seja, saindo da era do coletivo, em que todos buscam o mesmo objetivo, para uma era do indivíduo. E é o desenvolvimento da tecnologia que conduz esse movimento, porque possibilita que cada indivíduo tenha mais voz. A ascensão da internet, que permite que pessoas comuns se tornem famosas, é influência de aquário.

Hum, é verdade. Isso explica o boom dos influenciadores digitais na última década.

— O fato de todos os indivíduos terem voz significa que chegou a era da liberdade de expressão. Mas isso também pode levar à desordem. A era de aquário tem uma forte energia de coexistência de coisas diferentes, da convivência da diversidade. Cada um pode ser quem é. Na era de peixes, era esperado que todo mundo se casasse mais ou menos na mesma idade, tivesse filhos e os criasse seguindo certa cartilha. Já na de aquário, a ideia é que cada um viva do seu jeito.

Isso também faz sentido. Vai ver é por influência de aquário que diversos países legalizaram o casamento homoafetivo.

— Aquário simboliza a tecnologia, mas também tem uma conotação espiritual. As ondas de transmissão e o pensamento parecem ser coisas completamente distintas, mas, na verdade, andam lado a lado.

— As ondas e o pensamento andam lado a lado... — repeti.

Que profundo.

Parando para pensar, me dei conta de que foi na era de aquário que passou a se falar mais sobre cor da aura e vidas passadas.

— Além disso — continuou o singapura —, pessoas de aquário são criativas, têm forte senso de igualdade e valorizam a amizade. São livres e únicas — concluiu, orgulhoso. Então levou a pata à cabeça, como que voltando a si.

— Desculpa. Minha proximidade com aquário me deixou levar. Não é que peixes seja uma era *ruim*. É que, por ser uma era difícil, as pessoas se tornam propensas a sonhar, e é um signo que representa também a aspiração e o sonho. O "sonho americano", por exemplo, é bem coisa de peixes.

O dono do café assentiu e comentou:

— *Cinderela*, por exemplo, é uma típica história de peixes.

A protagonista dedicada e diligente que coloca tudo em risco e acaba conquistando o príncipe, ou seja, aquele que está no topo da hierarquia. Isso fazia sentido. Eu tinha escrito muitas histórias como a da Cinderela, inclusive. De repente, tive um estalo.

— Acabei de me dar conta de uma coisa: todas as minhas histórias têm as características da era de peixes...

O tricolor sorriu e o singapura assentiu.

— Quando as suas histórias fizeram sucesso, nós já estávamos na era de aquário, só que com muitos resquícios da era de peixes. Era um momento em que as pessoas já estavam instintivamente sentindo a mudança dos tempos, mas ainda se apegavam a histórias que representassem a era passada, quase que por nostalgia.

Devia ser por isso que meus roteiros no começo fizeram sucesso, porém depois caíram no ostracismo, quando a transição para a era de aquário se consolidou.

— Ah, então minhas histórias perderam mesmo a validade. Os tempos mudaram... — afirmei, com um sorriso amargo.

— Não é bem assim.

Eu me virei para a direção de onde vinha a voz e vi o frajola atrás de mim com uma bandeja sobre a pata, na qual havia um pequeno recipiente de vidro de duas alças que parecia o símbolo de aquário.

— É como os ciclos planetários — explicou o frajola enquanto servia o pequeno cântaro de vidro à mesa.

Era um *trifle*, uma espécie de pavê inglês feito de pão de ló, creme, frutas vermelhas e chantili. Por ser servido em um recipiente de vidro, dá para admirar as lindas camadas do doce.

— Como assim? — indaguei.

— Quando começa uma nova era, com novos aprendizados, os anteriores não são descartados. Eles são herdados. É bem assim: os dois peixes, antes amarrados, foram soltos e passaram a nadar livremente no aquário na nova era.

Identifiquei um peixe de gelatina flutuando no cântaro, como se nadasse na sobremesa.

O tricolor tomou a palavra:

— A música clássica é apreciada há muito tempo e provavelmente continuará sendo. Com a história da Cinderela é a mesma coisa: sempre vai ter quem goste dela.

O frajola concordou e acrescentou:

— É só fazer pequenos ajustes nela, para ficar com uma expressão... mais aquariana.

Assim como a música clássica tem sido executada de formas distintas em diferentes momentos da história.

— Bem, vamos voltar ao seu mapa natal, então? — sugeriu o mestre, olhando em seguida para o céu. — Como eu disse antes, a vida é como uma planta. Se quiser que as coisas deem certo, você tem que cuidar do solo, para fortalecer as raízes. No mapa, a parte inferior seria o que fica debaixo da terra e a superior, o que fica visível. A casa 1 representa você mesma, enquanto a casa 2 representa bens e dinheiro, entre outras coisas. Está vendo o símbolo de Mercúrio nela?

— Mercúrio simboliza a informação, a transmissão e o momento oportuno — observou o singapura.

— A inteligência e a comunicação também — acrescentou o frajola. — Você tem aquário e peixes na casa 2. As profissões que você escolheu exercer, como professora e roteirista, têm tudo a ver com o seu perfil. Talvez você tenha escolhido focar nos roteiros por influência de peixes, que demonstra habilidade em canalizar a imaginação em um trabalho criativo.

Ser roteirista ou professora me pareciam ofícios muito distintos entre si, mas ambos eram naturais para mim. Era surpreendente que tudo isso estivesse exposto no meu mapa astral, mas as explicações soaram coerentes.

— Mas então por que as coisas começaram a ir tão mal na minha vida?

— Bem... — O tricolor pareceu refletir por um momento. — Não tem nada de errado com a profissão que você escolheu, então a verdadeira raiz do problema deve estar no lar. A casa que indica o lar é a 4, e você tem touro na casa 4. Além disso, tem o planeta Vênus e também a Lua, que representa a mente e o coração.

O frajola e o singapura ouviam atentamente e assentiram ao mesmo tempo, como se tivessem percebido algo naquele exato instante.

— Por que vocês fizeram isso?

— É porque touro representa a abundância e a fartura. No lar, representa um ambiente *muito* confortável. Como você tem Vênus e a Lua na casa 4, isso significa que só vai prosperar no trabalho se estiver em um ambiente agradável. Enquanto viver em um lugar de que não gosta, onde seu eu interior não consegue relaxar de verdade, você vai se sentir mal e a sua sorte vai piorar cada vez mais. Por isso, precisa morar em uma casa bacana.

Isso foi um choque para mim. Quando meus roteiros deixaram de cativar a audiência, fugi do trabalho, perdi minha renda e acabei saindo do apartamento no prédio de que tanto gostava e me mudando para a quitinete atual. Era o que dava para eu pagar.

— Mas... eu não tinha mais como me manter no apartamento em que eu morava antes! E nem sei como faria para me mudar agora! — exclamei, olhando para baixo e com os punhos cerrados sobre os joelhos.

Não havia sido por vontade própria que eu saíra do apartamento de antes. E era injusto eles falarem aquelas coisas sem saber pelo que passei.

Então o singapura cruzou os braços e me encarou.

— É mesmo? Você não podia ter se esforçado mais, buscado com mais afinco um jeito de manter seu lar? Ou será que você desistiu de tudo na época, desesperada com a situação?

Nossa, essa foi em cheio.

Eu tinha mesmo me desesperado, tinha sido inconsequente também. Até vendi todos os meus móveis da época, por acreditar que já não estava mais à altura deles.

— Senhora Serikawa — interpelou o frajola, com um olhar gentil —, não estamos dizendo para você se mudar imediatamente. Estamos dizendo que o importante é buscar fazer da sua casa atual um lar, um lugar prazeroso de se viver e trabalhar.

O tricolor assentiu e sorriu.

— É exatamente isso — disse ele. — O importante é entender que você precisa morar em um lugar agradável. Com isso em mente, você vai se dedicar a fazer desse lugar um espaço de relaxamento e bem-estar. Por isso o autoconhecimento é uma ferramenta fundamental para promover as mudanças necessárias na vida.

Sem que eu me desse conta, estava quase chorando, com os olhos marejados. Enxuguei as lágrimas e refleti sobre o que ouvira. Eu estava mesmo morando em um lugar do qual não gostava nem um pouco e adquirindo móveis sem a menor qualidade. Havia me transformado na protagonista de uma história trágica. Não comprava as coisas que desejava ter, como se isso fosse um sacrifício digno de orgulho; só me alimentava de comidas instantâneas, dizendo a mim mesma que era para economizar dinheiro; e nem frequentava mais os cafés que eu adorava... Eu estava levando uma vida pobre e miserável, como se lá no fundo esperasse que fosse chegar uma recompensa por tudo isso, tal qual o convite para o baile da Cinderela.

Mas a vida não funcionava assim. O meu convite só chegaria quando eu já estivesse desfrutando a vida da melhor forma possível, usando todas as ferramentas disponíveis para me sentir bem e confortável. E para isso precisava viver no presente, não no passado nem no futuro. Tudo que eles disseram se encaixou perfeitamente à minha realidade.

— Hum, entendi. É, pensando bem, desde pequena, quando morava com os meus pais, sempre gostei de decorar o meu quarto.

O mestre sorriu.

— Entender a si mesma leva você a se cuidar melhor. E isso faz a sua estrela brilhar plenamente.

— A minha estrela?

— Cada pessoa é também uma estrela.

Antes daquela noite, eu provavelmente encararia algo assim com deboche. Naquele momento, porém, absorvi a ideia com naturalidade. Simplesmente fiz que sim com a cabeça, olhei para o céu noturno e fechei os olhos.

Então me lembrei do meu primeiro quarto, na infância. De como fiquei contente e empolgada por poder transformar aquele pequeno espaço no melhor lugar possível, como fui capaz. As memórias vieram e me deixei levar por elas.

De fato, a quitinete podia ficar bem mais agradável se eu me dedicasse mais a ela. Só de pensar nisso, já fiquei mais animada.

— Vou tentar deixar meu apartamento mais agradável, como fiz com meu quarto quando era mais nova — anunciei, reabrindo os olhos.

Os gatos tricolor e singapura tinham sumido. Vai ver haviam voltado para dentro do trailer. Só o frajola permanecera ali. Ele serviu um pouco mais de chá preto na xícara vazia à minha frente e sorriu com naturalidade.

— Fique à vontade para apreciar o *trifle* de aquário.

Acho que foi a primeira vez que o vi sorrir, e fiquei contente, como quem presencia algo raro.

— Obrigada.

Peguei a colher. O frajola estava prestes a voltar para o trailer, mas eu o detive.

— Espere — falei. Ele parou e se virou para mim. — Qual é o seu nome?

— Pode me chamar de Saturnus.

Que nome diferente e majestoso, que nem o do singapura. E também é um nome que me parece familiar...

O frajola fez uma breve reverência e entrou no trailer.

Levei uma colherada do *trifle* à boca.

— Que delícia...

O chantili, as frutas vermelhas e a geleia se harmonizavam na boca de modo que cada sabor fosse realçado, mas sem encobrir as qualidades um do outro. Era mesmo um doce de aquário. Deleitar-me com um doce requintado sob um céu estrelado... *Que momento especial.*

Comi tudo e contemplei o céu. As estrelas reluziam. Minha mente vagou para certa vez que fui ao planetário quando ainda era professora, um passeio escolar. Na ocasião, nós aprendemos sobre os nomes dos planetas e a origem deles. E foi então que me lembrei de que Saturno provinha de um deus da mitologia romana chamado Saturnus.

Ora, então quer dizer que o nome do frajola é de Saturno?

Levantei o rosto e olhei na direção do trailer. O Café da Lua Cheia havia sumido.

6

— Senhora. — Uma voz feminina delicada me chamava. — Senhora. — Ouvi de novo, e o tom agora meio constrangido.

Foi quando dei por mim e abri os olhos. Vi um lustre luxuoso e uma moça de vestido preto e avental branco me encarando com um ar preocupado.

— A senhora está bem?

Olhei em volta, sem saber o que responder. Eu estava em um sofá bem confortável e diante de mim havia uma xícara de café vazia na mesa.

Minha mente, um pouco nebulosa, foi aos poucos clareando e percebi que estava no café do hotel. Pelo visto eu tinha pegado no sono ali.

— Ah, perdão, eu... — comecei a me desculpar e fiquei de pé num pulo, mas a garçonete me tranquilizou.

— Posso trazer outra xícara de café, se a senhora quiser — ofereceu.

Fiquei ainda mais constrangida diante da cortesia dela, então recusei a oferta e deixei o hotel às pressas.

Nossa, não acredito que dormi no café do hotel!, pensei enquanto andava a passos largos. *Bem que teria sido bem-vinda mais uma xícara de café, para dar uma despertada. Olha que a garçonete chegou a me oferecer, não sei por que não aceitei. Isso que dá ter capricórnio na casa 1 e levar tudo tão a sério.*

Sorri ao perceber que tinha pensado isso. Os acontecimentos do sonho ainda estavam muito vívidos em mim. Fora um sonho bem estranho. Um gato gigante que lia os astros e era dono de um café; um gato frajola chamado Saturnus e um singapura chamado Uranus.

Ah, então Uranus também deve ser por causa do planeta.

Parei de andar e peguei o celular para pesquisar a palavra e logo confirmei a informação. Tratava-se de Urano, o planeta que representa a revolução.

Pensativa, respirei fundo e olhei para o céu. Era diferente do céu estrelado que vira no sonho — havia poucas estrelas agora.

— Foi um sonho mesmo, não foi? — me perguntei em voz alta.

De todo modo, o que os gatos disseram ficou marcado em mim.

Após a era de peixes, veio a atual era de aquário. Eles falaram que se tratava de uma era espiritual, mais conectada e focada na individualidade.

Acho que tenho sorte de poder trabalhar com roteiros para jogos on-line nesta era. Não posso desperdiçar essa chance.

Cheguei à conclusão de que era hora de focar menos em fazer uma história meia-boca para a personagem secundária do jogo e tentar escrever algo especial, mesmo que não pudesse ter uma cena de amor emocionante no fim. Se eu pudesse fazer com que as jogadoras pensassem *Não foi o final principal, com uma linda cena de amor, mas foi quase isso, é só eu melhorar mais um pouquinho*, então alcançaria meu objetivo como roteirista.

E para poder fazer um bom trabalho...

— Vou comprar umas flores. E um jogo de xícara e pires bonito.

Resolvi decorar minha casa com alegria e preparar um chá. Seria mais fácil me concentrar no trabalho assim.

E, depois, com sorte, quem sabe um dia eu pudesse visitar o Café da Lua Cheia de novo? Da próxima vez, de repente eles me serviriam café.

Abri um sorriso discreto enquanto andava tranquilamente pela rua Kawaramachi.

CAPÍTULO II
Petit gâteau com sorvete da lua cheia

1

Eu não devia ter ido me encontrar com ela.

Sentada na sala de conferências do canal de TV local, aguardando pelo início da reunião, eu pensava no encontro que acabara de ter com Mizuki Serikawa. Como cheguei ao prédio da emissora um pouco cedo, comprei um café com leite e me acomodei na sala, numa cadeira perto da janela, com o olhar perdido lá fora, enquanto repassava na cabeça a conversa.

"Levei o projeto para uma reunião, mas, sinto muito, ele não foi aprovado."

Soltei um longo suspiro ao me lembrar da reação de Serikawa quando ouviu essas palavras. Ficou parecendo que eu tinha ido esfregar na cara dela que os roteiros que escrevia não tinham mais valor algum. Logo ela, que fora uma badalada roteirista de novelas de sucesso. Teria sido melhor ter dito por e-mail. E era o que eu pretendia fazer, mas, quando soube que iria a Quioto a trabalho, não resisti à chance de encontrá-la.

Tinha um grande carinho por ela, e não somente por admirar seu trabalho. Havia outro motivo. Nada de mais, era só uma coisa que eu nunca tivera a oportunidade de contar para ela. E também não consegui fazê-lo dessa vez.

— Me senti dando uma sentença de morte para ela... — murmurei comigo mesma.

Então ouvi uma voz do meu lado:

— Na verdade, você vai dar a sentença de morte para ela agora, não é, querida?

Eu me virei, surpresa. Era um estilista que eu já tinha visto várias vezes pelos corredores da TV. Como a porta da sala de conferências havia ficado aberta, ele deve ter entrado sem que eu percebesse.

— Que situação, né? — comentou ele. — A atriz que faz a protagonista ser pega tendo um caso... Foi por isso que você veio, não foi?

Ele era um homem na casa dos 40 anos e falava de um jeito meio afetado. A barba era bem-cuidada e o cabelo ondulado estava com um corte *mullet*, que ele usava sempre preso em um rabo de cavalo. Eu não sabia o sobrenome dele, mas todos o chamavam de "seu Jiro".

Gentil e simpático, Jiro era bom em captar as coisas no ar e tinha um jeito amigável, então todos gostavam dele. Mas... algo nele me deixava um pouco desconfortável, embora eu não soubesse bem o quê.

— Ah... Foi, sim, mas...

— Mas?

— É que eu me encontrei com a Serikawa antes de vir para cá.

— A roteirista?

Fiz que sim, e ele reagiu com um gritinho, dizendo:

— Aaah! Eu sou fã da Serikawa! Vai sair novela nova dela?
— Ele levou as mãos ao rosto, uma em cada bochecha, animado.

Desviei o olhar, incomodada.

— Infelizmente, não — respondi em voz baixa.

Ao perceber o clima, ele ficou sério.

— Então é por isso que você está se sentindo como se tivesse dado uma sentença de morte?

— É... Depois de muito tempo sem entrar em contato, ela me mandou um projeto...

— Só que não era legal? — Ele me interrompeu.

— Não é bem isso. O projeto não era ruim, então levei para uma reunião de pauta, mas os executivos disseram que "não está alinhado aos tempos atuais".

— Entendi. — Ele se mostrou compadecido. — Isso é bem difícil, né? Algumas coisas na vibe retrô fazem sucesso, mas elas só têm graça se forem assumidamente retrô. Como quando a gente escolhe ir a um café mais antigo em vez de a um café moderninho justamente por ele ser mais tradicional.

A comparação soou meio esdrúxula, mas ele tinha razão. O projeto de Serikawa parecia um daqueles restaurantes que tinham um menu bom, mas cuja fachada ambígua não deixava nítido quem era o público-alvo.

— Mas, se você foi se encontrar com ela pessoalmente em vez de só dar essa notícia por e-mail, é porque tinha também outro motivo para querer vê-la, não é?

Fiquei sem resposta. Ele tinha acertado na mosca de novo. Acho que era isso que me deixava desconfortável: a forma como ele parecia captar tudo.

Eu havia ido ao encontro de Serikawa porque queria ver se ela ainda tinha aquele brilho no olhar.

Ambição. Muitas pessoas não gostavam dessa palavra, mas não havia como ter sucesso, em qualquer mercado, sem ambição. Porque a verdade era que sucesso sem ambição era sorte e acabava rápido. A ambição fazia a pessoa se comprometer com o trabalho, levá-lo a sério e se dedicar a alcançar os objetivos. E o brilho no olhar demonstrava quão ambicioso alguém era. Quando estava no auge da carreira, Mizuki Serikawa tinha ambição no olhar. Fases ruins no trabalho e projetos reprovados eram inevitáveis, aconteciam com todo mundo. Era preciso ser resiliente. Por isso eu esperava ainda enxergar aquele brilho, aquela vontade no olhar dela, mas fiquei surpresa ao ver Serikawa. Ela havia se retraído por completo.

— Quando contei que o projeto não tinha sido aprovado, ela pareceu desapontada, mas simplesmente deu um sorrisinho, e nada mais... A Serikawa de antes teria insistido e perguntado "O que eu posso fazer para melhorar, então?", mas ela não fez nem isso — desabafei, como se estivesse falando comigo mesma.

Jiro assentiu, com os braços cruzados.

— Entendi... Mas você está sendo rigorosa como sempre, né?

— Rigorosa? Eu?

Alguns colegas já haviam me dito isso, que eu era rigorosa, mas não me lembrava de já ter sido rigorosa com Jiro. Fiquei surpresa por ele dizer aquilo, ainda mais com o "como sempre".

Será que andam falando mal de mim?

Ele riu brevemente.

— Ah, desculpa... É só uma impressão minha. Não é que eu tenha ouvido isso por aí, não, fica tranquila. Só parece que você cobra muito das pessoas e de si mesma — complementou ele sem hesitar.

Forcei um sorriso.

— Seu Jiro, o senhor tem um jeito muito gentil e delicado, mas seu olhar é bem aguçado, hein?

— Sempre me falam isso.

— Uma amiga minha de infância é cabeleireira, e ela também tem um olhar muito sagaz, embora seja delicada. Será que isso é uma característica de quem trabalha com beleza?

Minha pergunta foi séria, mas ele riu.

— Não sei, mas estilistas e cabeleireiros precisam ser bons observadores, então devem acabar desenvolvendo um olhar mais perspicaz.

Aquilo fazia sentido. Estilistas e cabeleireiros bons de verdade não observavam somente a aparência dos clientes: precisavam ir além e estar atentos às preferências e aos desejos deles, enxergar o todo. Ou seja, ler as entrelinhas.

— É ela quem cuida do seu cabelo?

— Ah, não. Ela ainda mora aqui em Quioto, mas eu me mudei para Tóquio, então não é sempre que a gente consegue se ver.

— Ah, então você não é de Tóquio?

— Não... Meus pais são da região de Kanto, mas eu morei em Quioto até o fim do ensino fundamental por causa do trabalho do meu pai. Foi nessa época que ficamos amigas.

— E ela é boa? Eu estou procurando uma cabeleireira para trabalhar comigo.

— É, sim! Ela trabalhava em um salão famoso em Osaka, mas não se adaptou ao ambiente de trabalho e pediu demissão. Agora está no salão dos pais dela, parece feliz lá.

— Ah, é mesmo? Imagino que não vá querer trabalhar comigo, então.

— Posso falar com ela, por via das dúvidas.

— Obrigado! Posso pegar seu contato? Aqui está o meu QR Code — disse ele, me entregando o cartão de visitas.

— Claro. — Escaneei o código com meu celular e salvei o número dele.

— Até que enfim tenho seu número, depois de tanto tempo que nos conhecemos. — Ele sorriu.

Desviei o olhar sem querer e tentei mudar de assunto.

— Seu Jiro, sobre o que você falou ainda há pouco...

— O quê?

— Que eu sou rigorosa.

— Ah, sim...

— O senhor disse isso porque achou rude da minha parte ter ido me encontrar com a Serikawa só para dizer que o projeto dela não tinha sido aprovado?

Minha atitude foi cruel? Senti um aperto no peito e abaixei a cabeça.

— Não, nada disso. Imagino que você quis falar com a Serikawa pessoalmente para ver se tinha algum jeito de ajudá-la, caso ela ainda manifestasse o desejo intenso de fazer dar certo. Só que ela desistiu logo que soube que o projeto não tinha sido aprovado, né? — Assenti. Ele continuou: — E aí você pensou: "Ah, se ela nem está tão interessada assim, então vou deixar para lá." Certo?

— É... Acho que sim.

Eu ainda não tinha elaborado tudo que estava pensando, mas a pergunta de Jiro me fez perceber que tinha sido exatamente isso.

— Pois é, e é nesse ponto que acho que você foi rigorosa.

— Você acha que eu errei?

— Não é uma questão de estar certa ou errada. É que a Serikawa deve ter precisado reunir muita coragem para enviar um projeto para você.

— Sim, é verdade. — *E por isso mesmo acho que ela não devia ter desistido tão fácil,* concluí mentalmente.

— Acontece que quando a pessoa reúne toda a coragem e é atingida pelo furacão da rejeição, é difícil não desmoronar. Tem que ter muita autoconfiança para não se deixar abalar.

A antiga imagem de Mizuki Serikawa me veio à mente, ela cheia de energia. Mesmo quando um projeto era rejeitado, ela insistia: "O que eu posso fazer para melhorar, então?" Eu a admirava.

Mas então entendi. Ela devia agir daquela forma porque, na época, tinha a armadura da autoconfiança, já que estava munida dos bons resultados. O comentário de Jiro me fez perceber isso.

Fiquei calada, e então ele cruzou os braços de novo e falou:

— Só que você também tem razão. Se ela conseguiu tomar coragem e teve até a chance de se reunir com você, não deveria ter desistido assim tão fácil, né?

Percebi que ele só estava falando isso para que eu me sentisse melhor. Sem saber o que responder, soltei um muxoxo.

— Mas você tem bastante estima por ela, não é? Você também era fã da Serikawa? — perguntou Jiro.

— Ah, claro. Mas é que não é só isso...

— Tem outro motivo?

— Tenho uma história com ela.

— Uma história?

— Conheço a Serikawa desde antes de ela se tornar roteirista. Acho que ela não se lembra de mim, mas eu me lembro bem dela. Aprendi com ela a beleza de podermos ajudar as pessoas. É por isso que eu queria poder ajudá-la também, dentro das minhas possibilidades.

Nós duas não havíamos tido uma relação profunda, por isso eu não esperava que se lembrasse de mim. Mas ela fora muito importante na minha vida, uma pessoa incrível, então jamais a esqueci. Sempre quis falar disso com Serikawa, porém nunca consegui.

— Ah, conta mais.

Quando Jiro se inclinou para a frente, todo ouvidos, uma voz masculina se fez ouvir da porta.

— Nakayama?

Olhei na direção de onde vinha a voz e vi um homem de terno de uns 30 e poucos anos. Era Takumi Tsukada, executivo de contas de uma agência de publicidade. Devia fazer uns seis meses que não o via. Na maior parte do tempo, eu trabalhava em Tóquio, enquanto ele, responsável pelos clientes do oeste do país, tinha sido transferido para Kansai. Costumávamos ser próximos, saíamos juntos sempre que eu vinha para cá a trabalho.

— Ah, olá, Tsukada! Bonitão como sempre — brincou Jiro. Tsukada sorriu e o cumprimentou. — Sua esposa está para dar à luz, não é? Parabéns!

Tsukada agradeceu, meio constrangido, e olhou para mim.

— Nakayama, será que podemos conversar? — perguntou.

— Desculpe, mas tenho uma reunião daqui a pouco.

— Só cinco minutos — insistiu ele.

— É que vai começar já, já, não dá mesmo. Desculpe — respondi com frieza sem olhar para ele, mas minhas mãos tremiam.

— Tudo bem, entendo — retrucou Tsukada, desapontado, e saiu da sala de conferências.

Quando ele foi embora, eu me acalmei e senti a tensão se dissipar.

— Hum... — deixou escapar Jiro, com as mãos na cintura.

— Aconteceu algo entre você e o Tsukada, não foi? — Sem saber o que responder, fiquei calada. — Você teve um caso com ele?

A pergunta direta me sobressaltou.

— Nã-Não foi bem isso! Eu não sabia que ele era casado. Ele é alérgico a metal e não usa aliança, e não tinha me dito que era casado — expliquei tudo isso de uma vez só, num impulso, e fiquei surpresa comigo mesma.

Nunca havia contado isso para ninguém, só para a minha amiga cabeleireira. Ninguém do trabalho sabia. E acabei falando justamente para Jiro...

— Então vocês namoraram sem você saber que ele era casado?

— Bem, não foi bem um namoro...

Abaixei a cabeça, porque não queria que ele visse as lágrimas se acumulando nos meus olhos.

— Ah, entendi. — Jiro assentiu como se tivesse compreendido tudo, mesmo sem eu falar nada. — Deve ter sido difícil, ainda mais para alguém como você. Se quiser falar sobre isso um dia, estou aqui.

Ele deu um leve tapinha no meu ombro. Não esbocei reação. Bem nesse momento, os diretores de programas e o pessoal da produção começaram a entrar na sala de conferências.

— Bom, vou indo, então. Boa sorte! — disse Jiro, se despedindo ao sair da sala.

Logo a seguir, a atriz Satsuki Ayukawa entrou. Ela tinha 20 e poucos anos e estava mais para uma garota simpática do que para uma beldade. O seu sorriso cativante conquistava os telespectadores.

Poucos dias antes, saíra uma matéria em uma revista de fofocas dizendo que ela estava tendo um caso com um ator casado, e o público, que até então a adorava, passou a criticá-la. No momento só se falava sobre isso em toda parte, na TV e nas redes sociais. A situação devia estar sendo bem difícil para ela. Ayukawa, tão cheia de energia, parecia outra pessoa: pálida, com uma expressão melancólica e o cabelo e a pele sem viço — ela parecia ter envelhecido uns cinco anos.

Ayukawa sempre cumprimentava todo mundo com um "Olá!" alegre, mas nesse dia a voz dela saiu quase inaudível:

— Olá... — cumprimentou e se sentou, com as mãos fechadas sobre os joelhos, olhando para baixo.

Provavelmente ela já sabia que teria que sair do elenco.

— Akari, você pode começar? — disse baixinho o diretor ao meu lado.

Concordei e senti um peso no peito.

Aquela foi a segunda sentença de morte que tive que dar no mesmo dia.

2

Depois da reunião, saí da sala de conferências a passos largos sentindo um forte desconforto e uma queimação no estômago, como se estivesse prestes a vomitar. Forçando um sorriso, cumprimentei os funcionários que passaram por mim, mas queria deixar o prédio o quanto antes.

Assim que saí, soltei o ar com força, como se enfim pudesse respirar. O sol já havia se posto, estava escuro. O prédio ficava em uma das vias mais movimentadas da cidade, a Karasuma, onde havia muito movimento e vários restaurantes. Do outro lado da rua, ficava o Jardim Nacional de Quioto Gyoen e a alguns metros ao sul, a estação de metrô Marutamachi. Eu tinha planejado voltar de metrô, mas não queria ir para o hotel com aquele peso no peito, então decidi caminhar um pouco.

Entrei no Jardim Nacional. Embora fosse um lugar majestoso e cercasse o Palácio de Quioto — que serviu de residência da família imperial do Japão por séculos —, era um parque aberto ao público com entrada livre vinte e quatro horas por dia. Era amplo e com muita área verde, como bosques, descampados, lagoas e até santuários. Às vezes aconteciam feiras no local, mas quando escurecia ele costumava ficar mais vazio e se tornava um lugar bem tranquilo.

Andei sem rumo pelo jardim, deixando a mente vagar pelos acontecimentos recentes da sala de conferências. Satsuki Ayukawa lacrimejava e pedia desculpa sem parar, como se estivesse em uma coletiva de imprensa.

"Desculpe pelo inconveniente. Eu me responsabilizo por tudo, fui fraca."

Quando eu disse que o patrocinador tinha solicitado que ela saísse do elenco, Ayukawa desmoronou, aos prantos.

"Então vou mesmo ter que sair..."

Depois de ter chorado por um tempo, ela fechou os punhos e murmurou, de cabeça baixa:

"Tudo bem, posso estar errada, mas por que só eu tenho que passar por isso? Entendo a esposa e os filhos dele ficarem bravos. Mas por que as pessoas de fora, que não têm nada a ver com a situação, se incomodaram tanto? Eu não fiz nada para elas! E tem muita gente por aí que é amante de pessoas casadas. Que hipocrisia! Por que estou sendo tratada como se tivesse cometido um crime hediondo? Por que só eu estou sendo perseguida por isso?"

Então, depois dessa explosão, ela saiu correndo da sala, aos soluços. O agente dela foi atrás, mas aparentemente não conseguiu alcançá-la. Ficamos na sala de conferências esperando que Ayukawa voltasse, até que o agente nos mandou uma mensagem:

Ela deve ter voltado para o hotel. Por favor, não esperem por nós. Peço desculpa pelo inconveniente.

E então a reunião terminou.

Eu sentia um aperto no peito cada vez que me lembrava de Ayukawa dizendo "Que hipocrisia!".

Quando já estava cabisbaixa, ouvi soluços vindo de algum lugar próximo e ergui a cabeça. Ao olhar em volta, vi uma mulher sentada em um banco. Devido à escuridão, não conseguia enxergar direito, mas ela parecia estar chorando. Então notei que pegou uma lata de cerveja de uma sacola de loja de conveniência e começou a beber com avidez.

Eu me perguntei se ela havia levado um fora de alguém para estar daquele jeito. Mas aí pensei: *Não quero me envolver, é melhor eu ir embora logo.*

Quando estava prestes a dar meia-volta, percebi um movimento das nuvens e surgiu no céu uma grande lua cheia. A luz do luar revelou a mulher no banco. Era Satsuki Ayukawa.

— Ayukawa... — disse sem querer, e ela se virou para mim.

Visivelmente bêbada, ficou de pé e disse:

— Olha só quem está aqui, se não é Akari Nakayama. Que belo trabalho você fez!

Ela veio na minha direção, cambaleante, mas caiu no chão sentada.

— Vo-Você está bem? — perguntei, e corri até ela e a peguei pelo braço, ajudando-a a se levantar devagar. — Seu agente deve estar preocupado.

— Não está, não. Minha agenda foi toda cancelada.

Ela estendeu os braços e começou a rodopiar, forçando uma gargalhada.

— A-Ayukawa, você está bem? — Eu a segurei.

— Bem, aqui estou eu, bêbada e sozinha neste parque à noite. O que você acha? Pensei que você fosse mais esperta, hein?

Ao vê-la cobrir a boca para conter o riso, fiquei irritada.

— Bom, se você consegue rir da cara dos outros, deve estar bem — falei e fiz menção de me afastar.

— Você também tem um caso com um homem casado, né, Nakayama? — disse ela. Estremeci. — Eu estava na sala de espera hoje, antes da reunião. Tinha chegado muito cedo. Quando fui ao banheiro, passei pela sala de conferências e acabei ouvindo a conversa entre você e o seu Jiro, sabe? Quer dizer que você também se envolveu com um homem casado, né? E ainda teve a coragem de me dizer que eu tinha que sair do elenco. Que cara de pau, hein?

Ela gargalhou de novo.

— Eu não estou com um homem casado! — gritei com uma voz gutural. Parecendo surpreendida pela minha reação, Ayukawa deu um passo para trás. — Não estou tendo um caso, eu juro! — exclamei, levando as mãos à cabeça, desesperada.

— Tudo bem — balbuciou ela, subitamente um pouco mais sóbria.

Nesse momento, uma luz suave surgiu no canto do meu campo de visão. Nós duas olhamos na direção da claridade, para ver de onde ela vinha, e avistamos um trailer de café sob a copa de uma árvore grande. De onde aquilo havia surgido? Talvez tivesse acabado de chegar.

Uma moça de avental azul-marinho estava colocando uma placa em que se lia CAFÉ DA LUA CHEIA e dispondo mesas e cadeiras.

— Vão abrir a esta hora? — comentei. — Estranho...

— É mesmo.

Ayukawa e eu nos entreolhamos. Quando voltamos a olhar para o café, a moça tinha sumido. Um gato persa branco estava com a pata erguida e nos encarava, como se nos chamasse para ir até lá.

3

O Café da Lua Cheia, que surgiu sorrateiramente no Jardim Nacional de Quioto Gyoen, estava iluminado pelo luar, tão claro que parecia estar debaixo de um holofote. Todo o trailer emitia uma luz suave, tênue, e no ar pairava um aroma agradável de café, como o que se sente diante de uma boa cafeteria tradicional.

O gato persa sentado na mesa recém-armada pela moça olhava para nós. Não sei se para combinar com ela, mas também estava de avental azul-marinho.

Acho que me senti cativada pelo aroma do café e pelo olhar misterioso do gato.

— Ayukawa, não quer tomar um café, para se recompor?

— Boa ideia.

Fomos em direção ao Café da Lua Cheia, atraídas pelo lugar. Ao nos aproximarmos, o gato persa abriu a boca como se fosse miar, mas então disse:

— Sejam bem-vindas.

Arregalamos os olhos.

Será que é uma marionete?, me perguntei.

Olhei para o trailer instintivamente. Da bancada, um gato frajola nos observava com um semblante elegante.

— Este é um daqueles cafés de gatos?

— Esse gato falou?! Eu ouvi direito? — Satsuki Ayukawa agarrou meu braço, assustada, então sussurrou: — Nakayama, acho que é uma pegadinha de algum programa de TV. Vamos entrar na onda.

Ah, deve ser isso mesmo. Afinal, que outra explicação teria? Não sei como não pensei nisso, logo eu.

Com uma expressão claramente surpresa, imaginando a reação dos espectadores, Ayukawa se mostrou uma verdadeira profissional da TV. Afinal, já que a agenda dela fora toda cancelada, ser alvo de uma pegadinha televisiva devia ser algo positivo. Ela provavelmente estava encarando aquilo como uma chance de virar o jogo.

O gato persa abriu um sorriso discreto ao ver nossa reação.

— Desculpa por ter assustado vocês. Sou funcionária do Café da Lua Cheia. O dono não se encontra aqui hoje, mas eu, Venus, e ele, Saturnus, vamos atender vocês.

Ah, é uma gata. E se chama Venus.

Era um nome majestoso, que combinava bem com os olhos amarelos brilhantes dela, quase dourados. Tão belos quanto Vênus. E a voz aveludada soava como a de uma dubladora, cujo microfone eu apostava que estava sob o avental. A gata devia ser um robô — muito bem-feito —, pois gatos não conseguiriam atuar assim. A tecnologia atual podia fazer coisas impressionantes...

— Gostaríamos de um café, por favor — pedi.

A gata persa ficou um tanto pesarosa com o que eu disse.

— Nós não aceitamos pedidos de clientes — explicou.

— Como assim? A gente não pode pedir nada? — questionou Ayukawa, boquiaberta, talvez por ter ficado genuinamente surpresa.

— Isso mesmo. Em vez disso, nós preparamos bebidas, doces e pratos exclusivos para cada cliente.

Fiquei satisfeita com a explicação.

— Então é como um "menu degustação gourmet"?

— Quase isso. Sentem-se, por favor. Vocês se conhecem há muito tempo, né? Devem ter muito a conversar... Ah, não estamos filmando, então podem ficar à vontade — disse ela e riu, travessa.

Deixou dois copos d'água na mesa, em seguida foi para dentro do trailer.

— Ela disse que não estão filmando — repeti, assustada.

— Deve ser porque só vão começar a filmar quando começarem a nos servir. Gatos não falam, né, então já devem saber que a gente está desconfiada — ponderou Ayukawa com naturalidade enquanto se sentava na cadeira e logo pegava o copo para tomar um gole de água.

Eu me sentei também, de frente para ela.

— E como assim "vocês se conhecem há muito tempo"? — indaguei, confusa.

Então Ayukawa abriu um sorriso satisfeito.

— Você não tinha percebido isso, Nakayama?

— Percebido o quê?

— Nós frequentamos a mesma escola, na mesma época.

Oi? Fui pega de surpresa.

Pensando bem, já tinha ouvido falar que Ayukawa era de Quioto.

— Satsuki Ayukawa é meu nome artístico, e eu fui uma criança tímida e melancólica, então não é de se estranhar que você não tenha me reconhecido.

Não consegui disfarçar a minha surpresa e me inclinei para a frente.

— E... nós éramos próximas? — perguntei.

Ela negou com a cabeça.

— Eu sou mais nova, então não éramos da mesma turma e quase não nos falávamos, mas você era a líder do grupo da volta para casa. Por isso me lembro de você.

Como ela não era da minha turma, fazia sentido que eu não me lembrasse dela. Mas, mesmo que fosse tímida, Ayukawa era bem atraente, parecia difícil alguém não se recordar dela... Fiquei pensativa, de cabeça baixa, então ela riu.

— Eu era uma criança gorda. Andava devagar, chegava a atrapalhar o grupo.

Então lembrei que havia uma garota gordinha, mais nova. Olhei para ela novamente.

— Ah! Acho que me lembro vagamente. Você emagreceu bastante, né?

— No ensino médio comecei a praticar corrida, porque queria mudar minha aparência e correr era o único esporte que dava para fazer de graça.

Ela tinha um jeito alegre e era dona de um corpo sarado, esbelto; já havia até publicado livros sobre exercícios para alcançar a boa forma.

— Já você mudou pouco, sempre a aluna modelo, não é mesmo, Nakayama? — Ela sorriu, nostálgica, mas eu me senti constrangida e levei o copo d'água aos lábios, desviando o olhar. Ela continuou: — E mesmo assim acabou no mesmo caminho que eu... Cansou de ser certinha o tempo todo?

Franzi o cenho.

— Eu já disse que não estava tendo um caso. Não era... isso. — Com medo de estar sendo filmada, não consegui dizer a palavra "amante", mas me senti exasperada. — E você, Ayukawa...

— Ah, pode me chamar de Satsuki. E eu vou chamar você de Akari — disse ela de pronto, então retomei minha fala.

— E você, Satsuki, foi por ter se cansado de ser certinha o tempo todo que acabou se envolvendo em uma paixão proibida?

Satsuki apoiou o rosto nas mãos. Teria sido isso?

— Eu cresci sem pai. A vida era difícil, e a TV me fazia esquecer essa realidade, me divertia. Então foi natural para mim me encantar pelo mundo das celebridades, do *show business*, tão cheio de glamour.

Ela suspirou brevemente e depois prosseguiu:

— E ele era... o "pai ideal" com que sempre sonhei. É lógico que não era meu pai de verdade, e por isso mesmo me senti tão atraída por ele, mas era a imagem perfeita do pai ideal que eu não tive e, ao mesmo tempo, um homem do *show business*, então era tudo que eu queria. Não consegui conter a minha paixão. E na minha cabeça apaixonada não havia nem sombra da esposa ou dos filhos dele. Eu me sentia feliz, só isso... Mas, agora que a realidade me atingiu em cheio, percebi o que fiz. O motivo de eu não ter convivido com meu pai foi justamente porque ele traiu minha mãe e foi embora. Eu tinha muita raiva da amante dele, e olha só o que me tornei...

Uma lágrima escorreu pelo rosto de Satsuki. Talvez ela estivesse atuando para uma possível câmera escondida. No entanto, parecia estar sendo muito sincera.

Já a minha situação foi diferente.

★

Ele, Takumi Tsukada, havia sido transferido, morava sozinho, longe da esposa, e se comportava como se fosse solteiro. Foi nessas circunstâncias que se aproximou de mim.

Talvez por causa do trabalho como executivo de contas de uma agência de publicidade, era muito bem informado e inteligente, alguém que me empolgava. Depois de alguns jantares, senti a atração por ele crescendo cada vez mais. Até que, certa noite, me convidou para tomar um drinque na casa dele, e aceitei.

Eu já havia passado dos 25 anos. Estava quase chegando aos 30, e foi inevitável começar a pensar em casamento. Então elucubrei: *Se a gente se casasse, acho que ele seria um bom parceiro, compreensivo com o meu trabalho, aceitaria bem minha carreira.* Sem contar que meus pais ficariam felizes, considerando que ele atuava em uma agência grande.

Cheguei a pensar nisso tudo. Eu estava mesmo envolvida. No entanto, uma coisa me preocupava. Ele era atencioso com as pessoas, inteligente e atraente. Ou seja: um chamariz para as mulheres. E se estivesse saindo com outras além de mim? Mas, quando fui ao apartamento alugado dele, não identifiquei vestígios de outras mulheres, então acabei por me tranquilizar. Naquela noite, comemos uns *snacks* sofisticados, brindamos com vinho e conversamos sobre trivialidades. Falamos até de Serikawa.

"Sabe, fui aluna da Serikawa no fundamental", revelei.

Ele ficou surpreso.

"Como assim? Ela dava cursos de roteiro ou algo do tipo?"

"Ah, não", respondi. "Ela era professora de ensino básico. Substituta, então não era a responsável pela minha turma, mas acompanhava o meu grupo na volta para casa."

Após acharmos graça da história, nos entreolhamos e, de repente, ficamos em silêncio. *Um Lugar Chamado Notting Hill,* que eu já havia visto algumas vezes, estava passando na TV, servindo de trilha sonora do momento. Ele me abraçou, gentil, e colou os lábios dele nos meus. Enquanto nos beijávamos, foi se assomando sobre mim, me fazendo sentir seu peso e um pouco de medo misturado com excitação.

Nessa hora, o celular dele vibrou. Mesmo sem estar tocando, o barulho do aparelho na mesa quebrou o clima.

"Seu celular está tocando", avisei.

"Ah, deixa para lá, deve ser meu chefe, bêbado, me ligando", disse ele, mas a expressão em seu rosto, transparecendo nervosismo, me deixou desconfiada. Meu instinto dizia que era uma mulher.

"E se for importante? Atende, vai."

Peguei o celular e entreguei para ele. Foi quando vi a notificação da mensagem na tela.

Ai, não consigo dormir por causa do enjoo. Você foi beber com o pessoal do trabalho, né, amor? Não bebe demais, tá? Queria tanto beber também... Mas tenho que aguentar até o bebê nascer e parar de mamar...

Eu sentia um calafrio só de me lembrar daquele momento. Era isso que devia significar a expressão "ir do céu ao inferno em questão de segundos".

★

— Incrível, né? Tudo que eu precisava saber estava em uma única mensagem de algumas linhas. — Forcei um sorriso sarcástico ao contar para Satsuki o que acontecera comigo.

Ele era casado e a esposa estava grávida. Fiquei sabendo depois que ela estava na casa dos pais por causa dos enjoos fortes. E, sem ter conhecimento de nada disso, eu fui à casa dele, um homem casado, beijei-o e, mesmo sem chegar aos finalmentes, permiti que ele me tocasse. Se não fosse o celular vibrando naquela hora, eu certamente teria dormido com ele.

— E se você só tivesse descoberto a verdade depois de já ter se envolvido ainda mais com ele, a ponto de estar profundamente apaixonada? O que teria feito, Akari?

Ao ser indagada por Satsuki, fiquei calada por um tempo.

O que teria acontecido depois? Será que eu, por amor, apaixonada, teria levado a relação adiante, mesmo desolada?

— Eu jamais levaria adiante a relação — respondi. — Mesmo que estivesse apaixonada, quando descobrisse que ele era casado, eu terminaria tudo.

Satsuki assumiu uma expressão ressentida.

— É porque você condena o adultério?

— Não só o adultério. Condeno todo tipo de infidelidade e desonestidade — disparei, categórica, e ela riu.

— Você não mudou mesmo.

— Não?

— No caminho da escola para casa tinha uma faixa de pedestres numa via por onde ninguém passava, lembra? Era um lugar por onde não teria problema nós atravessarmos, mesmo que o sinal estivesse aberto para os carros, e todo mundo atravessava, menos você, que sempre esperava o sinal fechar. E eu admirava isso quando era pequena.

— Quando era pequena? E o que pensa disso agora?

— Que é bom ser certinha, mas que você é muito cabeça-dura.

— Sempre falam isso de mim.

Ri de mim mesma, e então ouvi uma voz masculina:

— É que Akari tem Saturno na casa 1. Isso a faz ser rigorosa consigo mesma.

Ao me virar, vi o gato frajola segurando uma bandeja. Nela havia duas xícaras e um bule de chá preto.

— Saturno na casa 1? — perguntamos eu e Satsuki ao mesmo tempo.

— Isso mesmo — disse o frajola, e serviu o chá, colocando as xícaras na nossa mesa. — O mestre, dono deste café, não está aqui hoje, e é ele quem faz a leitura astrológica. Mas posso explicar um pouquinho...

Dito isso, ele pegou um relógio de bolso do avental e apertou a coroa. A superfície do relógio reluziu por um segundo e no instante seguinte a imagem grande de Saturno foi projetada ao lado da lua cheia.

Uau!

Eu e Satsuki ficamos boquiabertas.

Eu já vira Saturno pelo telescópio da escola muito tempo atrás, mas era a primeira vez que o via tão grande. Os imensos anéis, lindos, circundavam o planeta marcado por faixas horizontais.

— Que lindo. — Ao meu lado, Satsuki se encantava com o que via.

— Saturno é bonito, mas é um planeta rigoroso — afirmou a gata persa, rindo baixinho e segurando uma bandeja.

— Um planeta rigoroso?! — Eu e Satsuki ficamos intrigadas.

—Vê, já falei várias vezes que fico chateado quando você diz isso — repreendeu o frajola, cruzando os braços e parecendo contrariado.

— Poxa... — A persa devolveu um olhar eloquente para ele. — Mas é a verdade. Saturno representa a provação na astrologia ocidental.

— Na verdade, está mais para "desafio".

A persa soltou um suspiro resignado e comentou:

— Como podem ver, Saturno é como um mentor da vida.

— Isso eu não nego...

— Ah, então isso tudo bem?

Eu e Satsuki ficamos sem entender nada da conversa dos dois.

— Perdão... — disse a persa. — Bem, na astrologia, dependendo de em qual casa está Saturno, é possível identificar as provações... — Ela levou a pata à boca, sentindo o frajola a fulminando, e então emendou: — Digo, os desafios que essa pessoa vai ter na vida.

Não entendi bem o que seriam esses desafios na vida. Para começar, o que era essa tal de casa?

— Acho que fica mais fácil de entender vendo isto aqui. — Ela pegou o relógio que o frajola segurava, girou a coroa e a apertou, fazendo um clique.

OS GATOS DO CAFÉ DA LUA CHEIA 109

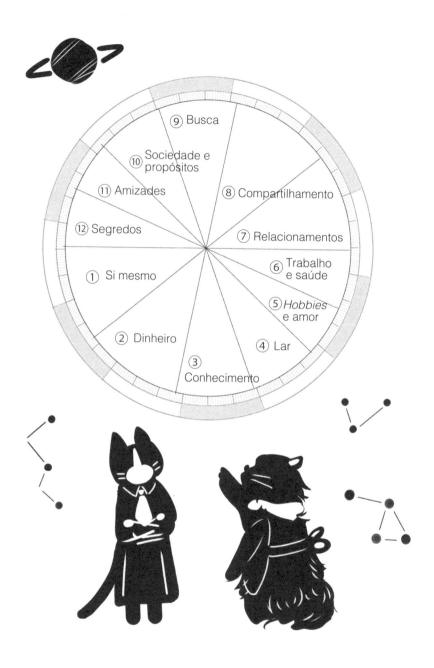

A imagem de Saturno desapareceu e então surgiu uma figura que lembrava um relógio. Era um círculo dividido em doze partes — devia ser o horóscopo. O canto esquerdo tinha o número 1, e os números iam até o 12 em sentido anti-horário.

O frajola franziu o cenho ao olhar para a figura e disse:

— "Si mesmo", "dinheiro" e "conhecimento"... Essas explicações são bem simplistas. Principalmente a da casa 3, que só está dizendo "conhecimento". Mesmo quando se dá uma explicação resumida, é importante falar que ela também representa a relação com irmãos e a capacidade de comunicação.

— Tem razão. Cada casa tem significados mais profundos, mas eu deixei assim para ficar mais fácil de entender. — A persa abanou a pata, dispensando os comentários do frajola, que demonstrava insatisfação, e se voltou a nós. — Esse é o mapa astral. Os números indicam as casas. Dependendo de que signo e quais astros estejam posicionados em cada casa, é possível saber muitas coisas sobre uma pessoa, como em que atividades é mais ou menos hábil, por que tipo de pessoa ela sente atração sexual e as provações... quer dizer, os desafios que terá na vida.

A gata olhou para o céu e prosseguiu:

— A casa 1, por exemplo, representa o seu eu, mas apresenta diferentes características sobre a natureza geral da pessoa dependendo do signo posicionado nela. Quem tem áries na casa 1 pode se revelar impaciente, enquanto quem tem touro na casa 1 tende a ser tranquilo, ou seja, características quase opostas.

Satsuki parecia não estar compreendendo bem, mas eu já havia me interessado por astrologia antes e lido alguns livros sobre o assunto, então entendi a ideia geral. Não persisti nessas leituras porque na época não conseguia assimilar direito, mas a explicação da gata persa era mais didática.

Cada casa, da primeira à décima segunda, tinha um significado próprio, e, a depender do dia, da hora exata e do local em que cada pessoa nasceu, os signos e os astros mudavam de posição entre as casas. Ou seja...

— Então podemos descobrir quais serão nossas provações na vida se soubermos qual é a posição de Saturno no mapa... — murmurei para mim mesma, meio sem querer.

— Isso mesmo! — exclamou a persa em tom de aprovação.

— *Desafios*, eu já disse! — contrariou-se o frajola.

— Por exemplo — retomou a persa —, quando Saturno está na casa 7, que representa os relacionamentos, sobretudo os amorosos, significa que vai haver desafios nessa área da vida. Talvez a pessoa pene para encontrar o par ideal, ou viva um casamento conturbado, ou passe por dificuldades conjugais por ter se casado com alguém controlador. Essas pessoas podem pensar: "Por que meus amigos têm tanta sorte no amor e vivem felizes, enquanto para mim é tão difícil me casar?", mas não tem mistério, a resposta está em Saturno na casa 7.

A gata deu um sorriso de satisfação, mas eu e Satsuki abrimos um sorriso constrangido.

A experiência no amor realmente variava muito de pessoa para pessoa. Algumas encontravam a alma gêmea e se casavam logo, com o apoio dos pais de ambos, e outras enfrentavam muitos obstáculos nesse caminho: sofriam para encontrar alguém e, mesmo que começassem um relacionamento, dificilmente conseguiam chegar ao casamento, ou, quando o parceiro ou a parceira enfim decidia se casar, os pais eram contra a união. Ou ainda havia aqueles que construíam um relacionamento tão bacana que os dois eram considerados o casal perfeito, só que aí a relação acabava se desgastando depois do matrimônio e vinha o divórcio, ou, como a gata persa dissera, cônjuges que se revelavam controladores, o que destruía a autoconfiança da pessoa oprimida.

— Por acaso Saturno está na casa dos relacionamentos no meu mapa? — perguntou Satsuki, séria.

O frajola e a gata persa fizeram que não com a cabeça ao mesmo tempo.

— Saturno está na sua casa 6, que representa trabalho e saúde — explicou a persa.

A casa 6 ficou mais clara no céu nesse instante.

— Quem tem Saturno nessa casa tende a escolher carreiras desafiadoras, mas consegue prosperar com determinação e é muito profissional. Você foi gordinha quando criança e se dedicou a emagrecer provavelmente porque *decidiu* que faria carreira no *show business* e seria atriz, foi mais do que simplesmente *admirar* a profissão. E Saturno é o planeta dos desafios, então, quando você se dedica, tem grandes retornos. Só que...

— Só que o quê? — Satsuki se mostrou curiosa.

— Dos planetas, Vênus é o que representa a paixão, a beleza, os *hobbies* e a diversão... — continuou a gata, pousando a pata no peito. — No seu caso, Satsuki, Vênus está na casa 12, que representa os segredos. — A casa 12 se iluminou, então ela prosseguiu: — Quem tem Vênus na casa dos segredos tende a se sentir atraído por relações secretas, e as tentações nesse âmbito são fortes. A configuração depende também do posicionamento de outros planetas, mas, no seu caso, se você se deixar levar por isso, terá mais dificuldades com as provações da casa que representa o trabalho. Ah, aqui eu vou chamar de *provações* em vez de *desafios* mesmo, ok?

O frajola assentiu, com um ar de resignação.

Satsuki olhou para os dois, preocupada.

— É isso mesmo... Não é que eu goste de ser amante, mas tenho um fraco por homens casados, porque sinto que eles têm mais abundância, são mais maduros e bem mais atraentes do que os caras solteiros — confessou ela.

— Os homens casados parecem mais atraentes justamente por serem comprometidos. Eles vestem roupas elegantes, estão sempre cheirosos e têm mais estabilidade emocional por causa da influência e do apoio dos cônjuges. É óbvio que vão ter atrativos que um homem solteiro, que vive sozinho, não tem — afirmou o frajola com frieza, deixando Satsuki sem palavras.

Ao refletir sobre isso percebi que, de fato, muitos homens casados pareciam perder o charme depois do divórcio.

— Ah, então ele me atraía porque a esposa o fazia brilhar... E eu estava tentando roubá-lo dela — refletiu Satsuki, arrependida, e mordeu o lábio.

Fez-se um silêncio. O constrangimento ficou insuportável, então abri a boca.

— Mas não é todo mundo que tem Vênus na casa 12 que acaba se envolvendo com pessoas casadas, não é?

— Claro que não — respondeu a persa. — Quando alguém tem Vênus na casa dos segredos, pode ser que se relacione com pessoas comprometidas, mas pode ser apenas que mantenha um relacionamento escondido no trabalho, ou que nutra secretamente uma paixão não correspondida por um professor. Ou ainda, às vezes, pode ser que simplesmente goste desse tipo de história, mas que nem tenha relacionamentos secretos.

Processei a explicação, que parecia muito coerente.

— E mesmo quem já errou uma vez pode ter relacionamentos felizes, aprovados pela sociedade, se mudar de atitude, não é? — perguntei.

O frajola fez que sim.

— Só tem que ter sempre em mente que o mundo é regido pela lei do espelho — observou ele.

— Lei do espelho? — questionamos Satsuki e eu.

A gata persa então mostrou o lado interno da tampa do relógio, que tinha um espelho, e explicou:

OS GATOS DO CAFÉ DA LUA CHEIA   115

— Não é que os astros estejam vigiando e punam quem cometer desonestidades ou imoralidades. Astrologicamente falando, não existe o conceito de bem ou mal.

— Como assim o bem e o mal não existem? — perguntei, com a testa franzida.

— Em vez disso, o que existe é a lei do espelho, que faz com que as coisas que você faz voltem para você. Se magoar alguém, por exemplo, isso vai voltar com força contra você. Se tiver um caso com uma pessoa casada, o sofrimento de todos os envolvidos vai voltar contra você.

Satsuki abraçou a si mesma e assumiu uma expressão consternada.

— Então é por isso que tudo está dando errado agora. Porque, além da esposa e dos filhos, também magoei os fãs dele, que são muitos...

— Sim... Fora que os astros tendem a fazer os famosos de exemplo — acrescentou a persa.

— Como assim?

O frajola se pôs a explicar:

— Para o bem ou para o mal, pessoas famosas são escolhidas como modelos. Elas acabam servindo de exemplo positivo de que "dá para ser bem-sucedido se você se dedicar", ou de exemplo negativo de que "vai terminar assim se não tiver uma boa conduta".

O raciocínio fez sentido para mim. Às vezes, ao ver notícias sobre famosos que tiveram casos extraconjugais, foram desonestos ou usaram drogas, as pessoas comuns repensavam a própria vida, à medida que o mau exemplo as fazia refletir que jamais desejavam ser criticadas daquela forma e acabar perdendo tudo, então nunca fariam algo parecido.

— Exatamente, os famosos podem servir de exemplo para a sociedade, seja de exemplo bom ou ruim — salientou a gata. — Se quiser continuar trabalhando no *show business*, Satsuki, precisa saber que será usada como exemplo de novo, como se suas ações fossem postas sob uma lupa.

Satsuki abaixou a cabeça e, com voz trêmula, perguntou:

— Mas será que consigo continuar trabalhando como atriz?

— Essa decisão cabe a você — disse o frajola asperamente, sem perceber os olhos marejados de Satsuki.

A colega deu uma tapinha nele.

— Nossa, você é muito duro com as pessoas! Pega leve com ela.

— Mas é a verdade, ué. Os astros não definem o futuro das pessoas. Eles só ajudam a alcançar o futuro que você escolher.

Era como se dois portais se abrissem em frente a Satsuki. Um levava de volta à carreira de atriz, enquanto o outro conduzia a um novo caminho, longe do mercado audiovisual. Independentemente do que ela escolhesse, não seria uma jornada fácil. Mas o portal do *show business* parecia mais complicado no momento, e ela sabia muito bem disso.

— Eu... quero continuar a trabalhar como atriz. — Satsuki fechou os punhos e levantou o rosto. — Sou odiada por todos agora, e pode ser que a sociedade continue a me apedrejar. Mesmo assim, quero seguir sendo atriz, custe o que custar.

O frajola aprovou a determinação dela.

— Se é essa a sua decisão, você deve seguir firme nesse caminho.

O jeito como ele falava de repente me remeteu ao que a persa tinha comentado sobre Saturno ser como um mentor, porque o próprio frajola parecia uma espécie de mentor também. Quis fazer uma pergunta a ele, mas, como achei que ele não dava muita abertura, acabei me dirigindo à gata.

— O que acontece quando estamos em meio a uma provação, como a Satsuki? O que devemos fazer?

— Sempre que estiver em uma situação difícil, o melhor a fazer é buscar o autoconhecimento, não só na astrologia, mas em geral. Quando se perde, você abre um mapa, não é? — Ela gesticulou com o que seria o indicador. — No seu caso, Satsuki, o que você deve saber é que é mais suscetível a ceder à tentação de uma paixão secreta do que as outras pessoas. E que, se você se deixar levar por essa tentação, sua carreira vai acabar sendo muito impactada. As duas coisas estão interligadas na sua vida, e ter consciência disso e de que você vai servir de exemplo enquanto for uma celebridade pode ajudar a se preparar melhor mentalmente, seguir com sua vida. — Eu assentia enquanto a ouvia falar. — Satsuki — a gata persa pousou a pata peluda no ombro dela —, como eu disse, Saturno é um planeta rigoroso, que coloca desafios na vida das pessoas. Mas os desafios não são barreiras. São portas. E podem ser abertas.

O frajola assentiu veementemente com a cabeça, concordando, mas Satsuki demonstrou não ter compreendido muito bem.

— Portas...?

— Sim. Quando você supera um desafio, uma nova porta se abre e surge uma bela paisagem. Saturno é rigoroso, sim, mas ele recompensa quem se esforça. É só meio mal-humorado — explicou a persa e deu uma risada.

O frajola pigarreou, mudando o rumo da conversa, e olhou para Satsuki.

— O caminho que você escolheu não é fácil — ponderou ele. — A sociedade vai continuar julgando suas ações, e pode ser que demore a esquecer o que aconteceu. Esse desafio é bem difícil. Mas, se você quer mesmo continuar a trabalhar como atriz, Satsuki, siga firme, preparada para tudo que está por vir.

Ao ouvir essas palavras, ela respondeu com firmeza:

— Certo. — E fez uma reverência em agradecimento.

Notei que o olhar dela havia mudado. O frajola parecia... Saturno. *Então é claro que a gata persa é Vênus*, pensei.

Enquanto eu fazia essa associação, a gata persa se dirigiu a mim:

— E você, Akari... — Estremeci e olhei para ela, endireitando a postura. Ela continuou: — Como o Saturnus estava dizendo, você tem Saturno na casa 1, a casa que representa o seu eu. Pessoas com essa combinação astral são sérias, esforçadas e, acima de tudo, rigorosas consigo mesmas. Elas muitas vezes se criticam mesmo que ninguém mais esteja tecendo críticas a elas. Imagino que você se sinta meio sufocada de vez em quando, não é?

Quando ela disse isso, fiquei sem ar, parecia que minha garganta havia fechado.

O outro gato cruzou os braços, pensativo, e acrescentou:

— O signo na sua casa 1 é leão, que é o símbolo do glamour. Isso significa que você tem tendência a gostar de coisas exuberantes. Deve ter sido por isso que escolheu trabalhar no mercado audiovisual.

Ele se mostrou satisfeito com a própria análise, e a persa bateu as patas, aplaudindo.

— O Café da Lua Cheia preparou um doce especial para vocês, que estão em processo de autoconhecimento. Este é para Satsuki.

Então, ela colocou uma espécie de copo largo diante de Satsuki na mesa. Em seguida, pegou um pote térmico e serviu duas bolas de sorvete amarelo na taça. O sorvete brilhava como se tivesse sido polvilhado com pó de ouro, era como o brilho das estrelas.

— Este é o sorvete de Vênus, de doçura incomparável — anunciou.

Logo depois, o frajola pegou um bule de vidro de café.

— E, ao regá-lo com nosso café ao luar, especialidade da casa, o resultado é... — ele verteu o líquido no copo, e o sorvete adquiriu uma textura cremosa muito apetitosa — ... o nosso *affogato* de sorvete dos astros.

Servido o doce, os dois gatos disseram juntos para Satsuki:

— Bom apetite.

Ela agradeceu com uma breve reverência e provou uma colher do *affogato*.

— Uau... O leve amargor do café combinado com a doçura encorpada do sorvete ficou simplesmente divino!

Talvez o *affogato* de sorvete dos astros fosse uma mensagem dos dois gatos para ela: um lembrete de que não se deixasse levar somente pelo sabor doce das tentações, porque vinham acompanhadas de uma experiência amarga.

— E este é para você, Akari.

Voltei a mim ao ouvir a voz da gata persa e me virei para ela. Havia uma bola de sorvete de baunilha sobre um bolinho de chocolate em um prato branco.

— Este é o *petit gâteau* com sorvete da lua cheia. Servimos com uma calda de chocolate saborosa — explicou enquanto regava o doce com a calda.

Eu estava com água na boca só de olhar.

Sorrindo, os dois gatos me desejaram bom apetite também. Agradeci e peguei a colher com cuidado. Ao cortar o bolinho, a calda que havia dentro dele se espalhou pelo prato. Salivei e levei a colher à boca em silêncio. O bolo era mais amargo do que eu esperava e exigia certa maturidade do paladar, mas harmonizava perfeitamente com o sorvete gelado e a doçura da calda. Eu me senti derreter.

OS GATOS DO CAFÉ DA LUA CHEIA

— Está uma delícia... Uma delícia! — Foi inevitável repetir "delícia", de tão bom que estava.

Nem me lembrava da última vez que tinha comido um doce como aquele. O frajola deixou escapar um sorriso diante da minha reação.

— A lua cheia tem o poder de libertar — disse ele.

— Libertar de quê? — quis saber.

— Akari, é maravilhoso você sempre buscar ser correta, fazer as coisas certas, mas isso não é tudo na vida. Às vezes, é preciso não cobrar tanto a si mesma — revelou o frajola em um tom gentil.

Suas palavras me atingiram em cheio. Eu ainda me cobrava muito por ter me relacionado com um homem casado, me culpava por isso. Minha melhor amiga até tentara me consolar, dizer que eu não sabia, portanto não tinha como ser culpada. No entanto, meu eu interior fazia críticas duras, questionava por que eu não perguntei a ele diretamente se era comprometido, já que senti que talvez estivesse envolvido com outras mulheres. Eu não conseguia me respaldar no simples fato de que não tive conhecimento do compromisso dele antes, isso não parecia suficiente para eu deixar de me culpar. Mesmo que já tivesse passado cerca de seis meses...

Mas a questão não se limitava àquele caso. Desde pequena, eu não perdoava meus erros, meus fracassos.

— Você está bem, Sá? Coisa rara ser gentil assim... — caçoou a persa.

O frajola franziu o cenho.

— Sá?!

— Mas ele está certo. — Ela ignorou a surpresa do colega com o apelido e se dirigiu a mim. — É importante perdoar a si mesma. Você é tão rígida que às vezes acaba impondo o mesmo rigor aos outros também. Aí já não é muito legal, sabe?

Esse comentário também me atingiu em cheio, porque eu realmente já havia sido descrita como uma pessoa rigorosa não só comigo mesma, mas também com os outros. Sem contar minha tendência a me irritar com quem conseguia fazer com facilidade coisas que eu não conseguia — eu sentia muita inveja.

— Para ser compassiva com os outros, às vezes tudo que você precisa fazer é ser mais gentil consigo mesma. Enquanto fica presa às regras rigorosas que você mesma inventou, acaba ignorando o que o seu coração diz. Você tem que se libertar, se aceitar.

De tanto me cobrar, controlar tudo, frequentemente acabava explodindo, o que me levava a um círculo vicioso de ficar mal, me arrepender e voltar a me comportar da mesma forma. Então devia mesmo ser bem mais saudável buscar ser gentil comigo mesma e ser mais compassiva, aceitar que os outros eram diferentes de mim. Só não entendi a última parte do que ela disse. O que eu tinha que libertar e aceitar?

Ao ver minha expressão de dúvida, a gata persa apoiou o queixo nas patas.

— Ai, Akari... Você está apaixonada, não está?

Meus olhos quase saltaram para fora.

— Quê? A-Apaixonada? Não, eu já superei o Tsukada.

Eu me desiludira totalmente no momento em que descobri que ele tinha esposa e escondia isso de mim. Não sentia mais nada por ele.

— Não estou falando dele... Você acha que me engana? — A gata me encarou com aqueles olhos amarelos.

Senti como se ela pudesse ler os meus pensamentos e desviei o olhar, sem conseguir sustentar o dela.

— A pessoa por quem você está apaixonada não se encaixa nas suas "regras", não é exatamente o seu tipo, por isso você está com dificuldade de admitir, não é? — Contraí o corpo involuntariamente. Ela continuou a falar: — Saturno pode desejar que a pessoa por quem você se apaixonar seja alguém com ambição, admirada por todos. Mas a pessoa de quem você gosta não se encaixa exatamente nisso, então você está escondendo de si mesma. Só que precisa aceitar esse sentimento.

Ao ouvir essas palavras enfáticas, a imagem de uma pessoa me veio à mente: Jiro, sorrindo, simpático, me tratando por "querida".

— Não... Ele é...

O olhar afiado que a gata me lançou fez com que eu me calasse. A verdade era que eu sempre admirara o entusiasmo de Jiro pelo trabalho, a maneira como era querido por todos, o olhar aguçado dele. Mas, como tinha certeza de que ele era gay, menti para mim mesma por pensar que não fazia sentido nutrir esse tipo de sentimento, a tal ponto que passei a me sentir desconfortável na presença dele.

Olhei para ela e perguntei:

— Mesmo sabendo que ele não vai sentir atração por mim? — A possibilidade de ele se interessar por mulheres parecia tão remota que uma parte de mim dizia que não valia a pena gostar dele.

Ela fez que sim.

— É como eu disse ainda há pouco: quando se sentir perdida, pare e olhe o mapa. Você precisa se conhecer e se aceitar como é, ou não vai conseguir dar nem um passo adiante.

Assenti. Antes de ficar questionando se Jiro corresponderia ou não, eu precisava tomar consciência dos meus sentimentos — e aceitá-los.

É, eu estou apaixonada por ele. Assim que aceitei isso, meu peito se encheu de emoção. Sem que me desse conta, comecei a chorar, lágrimas quentes escorriam pelo meu rosto. As lágrimas, porém, não eram apenas pela descoberta recente, mas por tudo que se acumulara até então na minha vida. Por todas as coisas que vinha suprimindo por ser dura demais comigo mesma, por estar sempre me policiando. Como na infância, quando, na volta da escola para casa, eu queria comprar doces, tal qual meus colegas, ou pintar o cabelo nas férias, ou botar piercing. Mas eu considerava essas coisas "ruins", então nem sequer admitia meus desejos, bloqueando-os e criticando quem fazia aquilo.

Uma vez senti atração por um rapaz meio rebelde, mas sufoquei esse sentimento e dizia a mim mesma que gostava de pessoas sérias, disciplinadas. E aquilo se tornou uma verdade: me transformei em alguém "certinha" e que buscava sempre escolher alguém "adequado". Eu priorizava demais a vontade de estar correta, não só no amor, mas em tudo, e meus sentimentos reais sempre ficavam em segundo plano.

Até aquele momento. Finalmente consegui aceitar meus sentimentos. As lágrimas, que não paravam de rolar, eram a manifestação da emoção do meu eu interior.

— Akari, é obviamente maravilhoso que você tenha buscado ser uma pessoa tão correta e retilínea até agora. Mas a vida é como um daqueles piões pintados de preto e branco, que quando giram bem rápido se tornam um turbilhão de cores. Ou seja, tudo é questão de estar em equilíbrio — ponderou o frajola, com o que a persa concordou.

— Se estiver em desequilíbrio, nem a máquina de lavar roda direito...

— Que exemplo é esse, Vê?

— Ué, é para ficar mais fácil de entender.

Satsuki e eu rimos discretamente do diálogo dos dois.

— Fiquem à vontade — disseram os gatos, e se retiraram em direção ao trailer.

Nós duas assentimos e voltamos a comer nossos doces. O sabor agradável quase me fazia sorrir, era como se a iguaria preenchesse o corpo e a alma.

Ao terminar de comer, soltei um leve suspiro e então olhei para Satsuki. Ela estava olhando para o céu com uma expressão de contentamento, um sorriso de quem superou um problema. *Devo estar com uma expressão parecida*, pensei.

Eu tinha conseguido me conhecer melhor, me aceitar, e, como que embalado por aquele doce delicioso com o qual me deleitei, tudo que estava entalado na minha garganta foi embora. O peso no meu peito aliviou. Estava me sentindo plena de gratidão aos gatos.

— Muito obriga... — comecei a dizer, virando-me para agradecer, mas me calei no meio da frase.

O trailer do Café da Lua Cheia havia sumido.

Satsuki olhou na direção do café também e nos entreolhamos, atônitas.

— O que é isso?! — exclamei. Até um segundo antes estávamos sentadas nas cadeiras do café, mas, de repente, nos vimos no banco do Jardim Nacional de Quioto Gyoen. — Não é possível!

Aquilo parecia algo muito além de uma pegadinha de TV. Então Satsuki deu uma risadinha do meu lado e disse:

— Talvez isso tenha sido obra dos tanukis, que pregaram uma peça na gente.

— Tanukis? Você acha que aqueles dois gatos eram, na verdade, os cães-guaxinins da lenda?

A imagem do frajola contrariado veio à minha mente, e acho que à dela também. Desatamos a rir.

Então Satsuki olhou para o celular.

— Nossa, tem muitas chamadas perdidas do meu agente... — constatou e sorriu meio sem jeito.

— Acho que é hora de irmos embora, né? — Eu me levantei, e ela fez o mesmo.

— Akari, eu... acho que vou escrever uma carta com um pedido de desculpa para a esposa e os filhos dele — foi dizendo Satsuki enquanto andava. — Fui infeliz na infância por causa da traição do meu pai, mas acabei fazendo algo parecido. Me sinto péssima. Não acho que eles vão me perdoar, mas quero tentar.

Assenti, demonstrando aprovação, sem nada dizer. Ela continuou:

— E vou convocar uma coletiva de imprensa. Finalmente entendi que as pessoas se enfureceram porque se sentiram decepcionadas com a minha atitude. Por isso, vou pedir desculpa tendo em mente que cada um na minha frente é alguém que eu magoei. Pode ser que eu não receba papéis por um tempo, mas, se me contratarem apesar de tudo, vou me dedicar ao trabalho seja ele qual for.

Ela disse isso com um olhar determinado, e eu assenti mais uma vez.

— Boa sorte. Vou torcer por você.

— Obrigada, seu apoio me encoraja. Também vou torcer por você, Akari. — Então ela me encarou e se inclinou na minha direção. — De quem é que você gosta, afinal?

Quase me engasguei.

— Ah, por enquanto isso ainda é segredo...

— Que pena... — Satsuki pareceu desapontada. —Tudo bem, não vou insistir em saber quem é, mas... hum, queria pedir uma coisa. — Ela abaixou a cabeça, acanhada.

O que poderia ser? *Será que ela quer que eu fale com algum produtor por ela?*, me perguntei.

No entanto, suas palavras foram bem inesperadas:

— O que acha de sairmos de novo, outro dia, para comer um doce? — disse ela, com a voz tímida.

Não pude evitar um sorriso ao vê-la encabulada. Ao mesmo tempo, senti como se o sabor daquele doce incrível voltasse a minha boca.

— Claro! — concordei com veemência, e ela sorriu, feliz.

Foi uma noite de lua cheia diferente de qualquer outra, em que pude me conhecer melhor e seguir em frente com a minha vida.

CAPÍTULO III
O reencontro de Mercúrio retrógrado

Primeira parte:
Cream soda de Mercúrio

1

— Argh, de novo.

Sentado em frente ao computador, ele estalou a língua e apoiou a cabeça nas mãos.

— O que foi, cara? — perguntou Yuichi Yasuda, seu sócio e amigo desde a época da faculdade, dando uma olhadinha no monitor dele.

— Parte dos dados está corrompida — disse Takashi Mizumoto, soltando um longo suspiro enquanto se recostava na cadeira.

— O quê? Sério?!

— Mas tudo bem, a gente tem um *backup*... — afirmou Mizumoto.

— Ah, cara, que susto. Por que não falou logo?

— Foi mal. É que... — *... é um negócio chato mesmo assim,* completou mentalmente Mizumoto, porque era uma coisa óbvia e o sócio estava careca de saber disso.

Ele levou o café aos lábios sem dizer mais nada.

Estavam no escritório deles, que ficava em um prédio próximo à estação Umeda, em Osaka. O fato de o escritório estar situado nessa região provavelmente passava a ideia de se tratar de uma empresa grande, mas o lugar era apenas uma sala, cerca de trinta metros quadrados. Somente os sócios Takashi Mizumoto e Yuichi Yasuda trabalhavam ali. Era uma empresa de T.I. pequena.

O nome da firma fazia referência às iniciais dos sobrenomes dos dois: MY System. No entanto, era comum que as pessoas falassem "*my* system", em vez de pronunciarem o "eme–ípsilon".

"Que demais você ter uma empresa de T.I.! Mas o que é que vocês fazem, exatamente?" Essa pergunta sempre surgia quando eles saíam para beber e começavam a conversar com alguém. Foi o que aconteceu havia poucos dias, quando Mizumoto encontrou por acaso uma mulher que fora da escola dele. Não era que T.I. tivesse uma imagem negativa, mas muita gente tinha dificuldade de entender bem o que as empresas desse ramo fazem.

Mizumoto era basicamente um engenheiro de segurança de servidores. Trabalhava com a instalação, a arquitetura, a operação e a manutenção dos equipamentos de servidor de empresas. O sócio, Yasuda, era da área criativa: projetava o design dos sites das empresas — e recentemente passara a se dedicar a jogos on-line também.

Mizumoto havia conhecido Yasuda na época da faculdade e abrira a empresa estimulado pelas palavras do amigo, que lhe dissera: "Se for para empreender, melhor fazer isso enquanto somos estudantes, que é quando podemos nos aventurar." Aquilo o impactou. *É, somos só estudantes. Não tem problema se a gente fracassar*, pensou na época.

Talvez aquele ímpeto destemido tenha sido a chave do sucesso, porque no momento a empresa estava indo bem, tinha uma receita considerável.

No começo, eles trabalhavam em *home office*, mas os impostos pesavam e era difícil separar a vida pessoal da profissional, então acabaram abrindo um escritório em Umeda. O lugar não era nem de longe espaçoso, mas o suficiente para os dois.

— Ah, droga, vou ter que reinserir uma parte dos dados... — disse Mizumoto.

— Meus pêsames — caçoou Yasuda, juntando as mãos como se fosse rezar.

Desde a faculdade ele tinha um jeito alegre e brincalhão, que não mudara. Tanto que, mesmo com cinco anos de formado, ainda havia quem achasse que ele era um jovem universitário. Esse tipo de personalidade era comum entre as pessoas da área de T.I. Mizumoto, por sua vez, era o oposto de Yasuda e tinha um jeito mais sério e reservado. Na época da graduação, sempre achavam que ele já era formado.

Por serem empreendedores, eles faziam reuniões com diversas empresas para oferecer seus serviços. Os clientes demonstravam preocupação diante de Yasuda, por causa da aparência jovem e leviana dele, mas costumavam sentir segurança com Mizumoto. Por isso, Mizumoto achava que os dois formavam uma bela dupla.

Yasuda, então, colocou as mãos na cintura e disse:

— Na nossa área é comum ter problemas com perda de dados, mas não acha que isso acontece com você com mais frequência que o comum?

— Nem me fala... — Mizumoto suspirou. —Tenho mais aborrecimentos desse tipo do que a maioria das pessoas.

Ele sabia bem disso. E os problemas sempre se sucediam, ainda por cima. Quando surgia um, vinha uma série deles, fossem dados corrompidos, e-mails importantes de clientes indo parar na caixa de *spam* ou até voos e trens que atrasavam.

Ao pensar nisso, um lembrete lhe veio à mente: *Aliás, deixa eu ver se não tem algum e-mail importante no* spam *de novo.*

— Ah, como esperado — comentou Mizumoto ao verificar os e-mails, levando a mão à testa.

— O que foi?

— Um e-mail importante estava na caixa de *spam*.

— De algum cliente?

— Não, de uma amiga, ou melhor, uma garota que era da minha escola...

Mizumoto percebeu que estava falando meio para dentro. Yasuda se virou para ele, com os olhos brilhando.

— É a que trabalha naquele salão famoso aqui em Umeda?

— Ah, eu já contei sobre ela?

Então Mizumoto se lembrou do dia em que a encontrara. Havia chegado ao escritório animado, algo raro, e acabara contando a Yasuda.

★

Uns dois meses antes, quando Mizumoto saiu para comprar um lanche no horário do almoço, uma moça o abordou na padaria.

"Você é o Mizumoto? Seu pai trabalha numa empreiteira?", perguntou ela.

A mulher tinha um sorriso bonito e uma aura agradável. Entretanto, Mizumoto não sabia quem ela era e acabou franzindo o cenho. Diante da expressão dele, ela se apressou em dizer:

"Ah, desculpa, acho que me enganei."

Ao ver a reação dela, Mizumoto respondeu de imediato:

"Não! Sou eu mesmo, Mizumoto, e meu pai trabalhava numa empreiteira, sim. Você é...?"

Ela arregalou os olhos pequenos e encantadores. Em seguida, deixou escapar um risinho.

"Ah, é claro que você não se lembraria de mim. Eu me chamo Megumi Hayakawa."

O nome não lhe dizia nada. Conversando mais, ele descobriu que haviam frequentado a mesma escola na mesma época. Inicialmente, Mizumoto achou que Hayakawa era da idade dele, mas descobriu que ela era três anos mais velha. Os dois não haviam sido da mesma turma, mas, sim, do mesmo grupo de volta para casa, e não era de se estranhar que Mizumoto não se lembrasse dela. Na verdade, era curioso que ela se lembrasse dele.

"Ah, claro que eu me lembro de você", disse Hayakawa. "O que aconteceu naquela época me marcou bastante... Obrigada pelo que você fez!"

Ela sorriu, e ele, muito constrangido, moveu a cabeça de modo ambíguo. Ele tinha uma memória do que poderia ser "o que aconteceu naquela época", mas não se lembrava de ter feito nada tão digno de gratidão.

Então, ela lhe contou que trabalhava em um salão de beleza próximo dali e depois disso foi embora.

O salão ficava em uma rua pela qual Mizumoto sempre passava, e, a partir daquele dia, os dois começaram a se esbarrar com frequência. Ela acenava, sorrindo, quando o via através da vidraça. Mizumoto fazia o melhor que podia para devolver o aceno com uma expressão impassível que disfarçasse o acanhamento.

Ao descobrir que o salão também atendia homens, pensou: *Quero ir lá um dia para ela cortar o meu cabelo.*

★

Contudo, não a vira mais ultimamente. Podia ser um desencontro causado pelo turno dela, ou talvez ela estivesse doente. Mizumoto ficou um pouco preocupado.

O e-mail que recebera era dela. Ele não vira antes porque tinha caído na caixa de lixo eletrônico, mas ela o enviara havia dois dias.

Prezado sr. Takashi Mizumoto,
Tudo bem? É a Megumi Hayakawa, da escola. Eu não sabia como entrar em contato, então escrevi um e-mail.

Assim começava a mensagem. Os dois de fato não tinham trocado contatos. Ela devia ter pesquisado o nome dele na internet e encontrado o e-mail da empresa.

Pedi demissão do salão de beleza em Umeda por motivos pessoais. Agora estou trabalhando temporariamente no salão dos meus pais. Digo temporariamente porque encontrei algo diferente que quero fazer e agora quero criar meu próprio site. Por isso, gostaria de saber se poderíamos nos encontrar para falar sobre isso.

Mizumoto sentiu o coração bater mais depressa enquanto lia o e-mail.

— E aí, o que ela disse?

Ao ouvir a pergunta de Yasuda, que estava logo atrás dele, Mizumoto estremeceu de leve. A criação de sites era atribuição do sócio, não dele.

Mas, se for um site pessoal, eu consigo fazer, pensou e voltou o olhar para a tela.

— Ela avisou que pediu demissão do salão aqui perto — respondeu simplesmente.

Diante dessa breve explicação, Yasuda soltou um "hum" e voltou para a própria mesa, parecendo ter perdido o interesse.

Um tanto aliviado, Mizumoto digitou a resposta para enviar a ela:

Claro! Pode ser na hora e no lugar que você preferir.

Após reler várias vezes a mensagem neutra, clicou em ENVIAR. No mesmo instante, ouviu Yasuda:

— É o quê?! — exclamou, soltando um suspiro audível.

— Que foi? — Mizumoto desviou o olhar da tela, com uma expressão intrigada.

— Ah, cara, escuta só. — Yasuda se inclinou na direção do amigo. — Sabe esse jogo que eu estou fazendo? — Ele mostrou a tela do celular.

Nela, havia ilustrações de personagens masculinos bonitos, todos no mesmo estilo. Eram do jogo on-line direcionado ao público feminino no qual Yasuda estava trabalhando. As atribuições dele eram o design e a arquitetura do sistema, enquanto o roteiro era terceirizado.

— Nos últimos dias esse jogo começou a gerar muito burburinho, porque o roteiro de um dos personagens secundários recebeu diversos comentários positivos.

Mizumoto assentiu. Ele já tinha ouvido falar desses jogos em que a jogadora tinha que escolher qual personagem queria conquistar e o ápice era ficar com um personagem de dificuldade alta. Só que também era possível que a jogadora não conquistasse o personagem mais difícil ou que simplesmente escolhesse se contentar com um personagem secundário.

Recentemente, uma das histórias de um personagem secundário desse jogo havia recebido muitos elogios. O personagem em questão não tinha uma aparência tão elegante quanto a dos outros nem era rico. E a história dele nem sequer apresentava uma cena de amor ardente ou algo assim. No entanto, ele fazia de tudo para agradar a personagem da jogadora e, no fim, dizia: "Você é uma princesa, então me senti como um príncipe por estar com você. Obrigado por ter me proporcionado esses momentos maravilhosos." Então pegava a mão dela, na qual dava um beijo cavalheiresco.

A história e a atitude delicada desse personagem viralizaram nas redes sociais e alguns dos comentários diziam coisas como "Quero saber o que acontece com os dois depois", "Quero cenas de amor mais quentes com ele!" e "Eu pagaria para ver a sequência".

— O nome da redatora que escreveu essa parte do roteiro é Serika, não é?

Apesar de ser um trabalho de Yasuda, Mizumoto sabia de tudo isso porque o jogo fora lançado pela empresa dos dois.

— É, então... Aí que vem a surpresa. Você não vai acreditar, vai cair para trás! — avisou Yasuda.

Depois desse alarde não tem como eu cair para trás, pensou Mizumoto ao assentir, com um sorriso sem graça.

— Depois de tanto sucesso, pedi uma continuação para a roteirista. E ela ficou muito feliz...

— Ah, se está fazendo tanto sucesso, é normal que ela fique feliz.

Yasuda concordou e continuou:

— Daí achei esta matéria. — Yasuda mostrou a tela do celular para o amigo mais uma vez.

A história com o personagem secundário recebeu muitos elogios, conquistando jogadoras pela disposição atenciosa dele e pelas cenas comoventes. E, para a nossa surpresa, a redatora desconhecida, Serika, se revelou ser, na verdade, Mizuki Serikawa!

— Quê?! — exclamou Mizumoto após ler, pegando instintivamente o celular da mão de Yasuda.

— Olha aí, não falei que você iria cair para trás? Quem escreveu o nosso roteiro foi ninguém menos que Mizuki Serikawa, a roteirista de sucesso. Não é uma loucura?

— Se é... — concedeu Mizumoto, sem ironia, enquanto lia o restante da matéria.

A jornalista que escreveu o texto pedira uma entrevista à Serika, a responsável pelo roteiro que estava dando o que falar, que por sua vez aceitou e então revelou ser Mizuki Serikawa. Na entrevista, ela comentou que criou o roteiro com o desejo de que as jogadoras pudessem curtir ao menos um pouco o final, mesmo que fosse com um personagem secundário, e que ficou feliz pela repercussão.

— Achei que você ficaria surpreso com essa revelação, mas você se surpreendeu mais do que eu esperava. Bom, devolve meu celular.

Mizumoto entregou o aparelho sem dizer nada a Yasuda, que tinha um sorriso malicioso no rosto. O motivo da surpresa não foi por se tratar de um nome renomado do passado, mas, sim, por ser justamente Mizuki Serikawa.

Encolhido no próprio canto, Mizumoto de repente ouviu a notificação no celular que indicava o recebimento de um e-mail.

Era de Megumi Hayakawa.

Obrigada. Você poderia vir ao salão dos meus pais na próxima segunda-feira, quando o salão não abre?

Ele começou a digitar a resposta na mesma hora, contendo o sorriso.

2

— Droga. De novo? — resmungou Mizumoto.

Era segunda-feira, dia do compromisso com Megumi Hayakawa, e ele estava atrasado. Haviam marcado de se encontrar no fim da tarde, de modo que Mizumoto decidira ficar trabalhando em casa até dar o horário e colocou o alarme para despertar. Ou melhor, pensou ter colocado... Porque o alarme não tocou, e ele acabou perdendo a hora.

Então Mizumoto se arrumou correndo e saiu, mas, ao chegar à estação, descobriu que o trem, que quase sempre vinha no horário, estava atrasado devido à descarga de um raio. Quando finalmente embarcou no trem, irritado e ansioso, recostou-se no assento e suspirou, aliviado por ver que conseguiria chegar a tempo, mesmo que em cima da hora.

O céu estava tão azul que era difícil acreditar que havia caído um raio. O salão dos pais dela ficava na galeria Otesuji, no distrito de Fushimi. Mizumoto morava sozinho em Yodoyabashi, na cidade de Osaka, então bastava pegar a linha Keihan para chegar à estação de destino: Fushimi Momoyama. Mas por que será que o alarme não tinha tocado?

Mizumoto pegou o celular e o contemplou, ressentido. Ao olhar com atenção, percebeu que havia selecionado a hora, mas não tinha ativado o alarme. Ele não conseguia acreditar que cometera um erro tão bobo.

Dados corrompidos, problemas com a caixa de entrada do e-mail e agora o trem atrasado... Havia fases em que esse tipo de coisa acontecia o tempo todo.

Mizumoto abriu no smartphone o perfil da empresa na rede social. Mizuki Serikawa ainda era o assunto do momento, dominando os comentários.

Que surpresa saber que foi Mizuki Serikawa quem escreveu o roteiro daquela história.

Mas faz sentido. Estava muito boa.

Mal posso esperar para ler a continuação!

Já estou pronta para comprar.

A maioria dos comentários era nessa linha, mas também havia alguns negativos, embora poucos.

Uma roteirista famosa escrevendo a história de personagens secundários sob um pseudônimo? Que decadência.

Mizuki Serikawa e Megumi Hayakawa... Ele não sabia muito sobre Megumi Hayakawa, mas se lembrava bem de Mizuki Serikawa. Se, por um lado, Mizumoto estava tendo sucessivos problemas relacionados à tecnologia, por outro naquele momento coincidira de ele se reconectar com duas pessoas do passado. *Que curioso*, pensou.

O trem parou em uma das estações intermediárias quando faltavam cerca de vinte minutos para chegar ao destino de Mizumoto. O alto falante anunciou: "Este trem ficará parado por alguns instantes, aguardando a liberação do tráfego à frente. O sistema elétrico da rede foi afetado pela descarga de um raio, causando a paralisação de uma composição na linha. Agradecemos a sua compreensão."

Mizumoto levou a mão à testa ao ouvir o aviso. Mais problemas.

Incomodado com a própria ansiedade, ele enviou uma mensagem para Megumi. Ao saber que ele se atrasaria um pouco por causa de problemas no trem, ela respondeu:

Tudo bem, não se preocupe. Pode vir com calma.

Por ora ele suspirou, aliviado, deixando a tensão se dissipar. Já que o trem não iria se mexer tão cedo, ele resolveu tirar uma soneca. Ansioso pelo encontro, não conseguira dormir durante a noite.

Mizumoto cruzou os braços e fechou os olhos. Ele esperava tirar um cochilo rápido, mas acabou entrando em sono profundo. Até que alguém no sonho tocou o ombro dele e disse: "Olha, está quase chegando."

"Próxima estação: Fushimi Momoyama." O anúncio chegou aos ouvidos de Mizumoto, que abriu os olhos, sobressaltado. O trem havia se movido enquanto ele dormia e já estava chegando ao destino.

— Nossa, quase perco a estação!

Mizumoto se levantou depressa antes mesmo de a composição parar e pressionou a própria testa.

Ele não sabia se tivera um sono leve ou profundo, mas havia sonhado alguma coisa. Tinha a impressão de ter sido um sonho bom, mas não se lembrava.

3

Mizumoto desceu do trem ao chegar à estação Fushimi Momoyama. A viagem que em geral levava pouco mais de uma hora durou uma hora e meia. Mas ele se sentia em paz, em contraste com seu estado mental anterior ao cochilo. Devia ter a ver com os tais benefícios das sonecas de que todo mundo falava.

Como havia avisado a Megumi que se atrasaria, ele saiu da estação sem pressa.

Me lembro de ter ouvido falar que a entrada dessa galeria é meio diferente, pensou, afastando-se um pouco da entrada para poder ver melhor.

A galeria Otesuji, cujo teto era de vidro, ficava bem em frente à linha de trem, e na entrada havia uma cancela para proteger a passagem aos trilhos, a qual abaixava quando o trem passava. Essa visão tinha um quê de mistério, o que empolgava e mexia com a imaginação das pessoas. Da entrada, ao se virar para a arcada, podia-se ver o portal do histórico santuário xintoísta Gokonomiya, que ficava no outro extremo da galeria comercial.

Mizumoto gostou da região. A família dele era de Quioto. Seus pais tinham uma pequena empreiteira em um bairro da cidade, mas, desde que se aposentaram, haviam ido morar em outra cidade. Quando viviam em Quioto, nem ele nem os pais enxergavam o que havia no mundo lá fora. Os moradores diziam, meio de brincadeira, que Fushimi não fazia parte da cidade, e havia um fundo de verdade nisso. Contudo, com um pouco de perspectiva, dava para enxergar que havia beleza não só no centro da cidade, mas nos locais mais afastados também.

Na entrada da galeria via-se o letreiro OTE OTESUJI. Ao entrar, ele se deparou com o que se esperava de uma boa e velha galeria comercial.

— Que lugar legal! — murmurou consigo mesmo.

Ela era vibrante, tinha uma atmosfera agradável. Em um lado havia uma cafeteria de ar retrô, em outro destacava-se uma mais moderna e descolada. *Bonbonnière*, padaria, bar estilo *izakaya*, mercadinho, farmácia — pelo visto tinha de tudo um pouco naquela galeria. Havia inclusive o portal de um templo chamado Daikoji entre as lojas.

Quase por instinto, Mizumoto pesquisou aquele nome no celular, e o resultado indicou que era um templo onde se cultuavam os budas Amida Nyorai, Yakushi Nyorai e Higiri Jizo. Segundo a página, era um templo que tinha relação antiga com a família Fushiminomiya, que dava nome ao distrito, e havia sido fundado no período Kamakura. A existência de templos e santuários antigos em uma galeria como aquela era algo bem característico de Quioto.

Enfim, no meio dela estava o letreiro do salão Aqua, de cor azul-celeste. Uma placa na porta dizia que estavam fechados, como Megumi dissera. Ele bateu à porta, um pouco nervoso.

— Ah, pode entrar. Fique à vontade! — Ouviu a voz de Megumi.

— Com licença — disse ele enquanto abria a porta e fazia uma breve reverência.

Aparentava ser um salão antigo como qualquer outro. Ela usava um avental preto de cintura, como se fosse um dia de trabalho comum, e sorriu ao vê-lo.

Mizumoto quase se deixou levar pelo sorriso dela, mas forçou um semblante sério, porque viu uma cliente na cadeira do salão, uma mulher de uns 30 anos, olhando-se no espelho com uma expressão um tanto tensa.

— Mizumoto, você poderia aguardar um pouco no sofá da sala de espera, por favor?

Megumi gesticulou em um pedido de desculpa e se colocou atrás da cliente. Mizumoto assentiu e foi se acomodar no sofá.

Ela umedeceu o cabelo da cliente com o borrifador, escovou-o com cuidado e foi fazendo o penteado com uma destreza admirável.

— Pronto!

— Obrigada, Meg. Nossa, nem acredito que fiquei tão diferente só com um penteado!

Pelo jeito que a mulher falava, Mizumoto achou que devia ser amiga de Megumi.

— Pois é, as pessoas dizem que o cabelo faz toda a diferença na aparência de uma pessoa — comentou a jovem, com o indicador em riste.

— Faz mesmo, não é?

— Seja quem for, cuidar do cabelo impacta muito a imagem da pessoa. Até mesmo os animais mudam drasticamente quando têm a pelagem bem cuidada. A diferença é ainda maior nas mulheres, que mudam também quando mexem nas sobrancelhas e nos cílios — observou Megumi.

Então ela ajeitou as sobrancelhas da cliente com um pentinho e usou o curvador de cílios, finalizando o serviço.

Megumi estava certa. Só havia mexido no cabelo, nas sobrancelhas e nos cílios da cliente, mas ela parecia outra pessoa — e parecia feliz em olhar para a própria imagem, agora mais bonita.

— Muito obrigada, de verdade — agradeceu a mulher.

— Imagina. Eu é que agradeço por você ter me trazido uma novidade tão boa!

— Sério, eu que agradeço. Acho que o Jiro vai adorar. Você é ótima!

— É uma honra receber um elogio seu! Mande meus cumprimentos ao Jiro — pediu Megumi.

— Mando, sim.

— Você vai se encontrar com ele depois de sair daqui, certo? Acho que ele vai se impressionar com seu visual, Akari — comentou Megumi enquanto tirava a capa da cliente.

— Vo-Vou, sim... — confirmou Akari, encabulada, e desceu da cadeira. — Até mais.

— Até! Vamos sair para comer alguma coisa um dia desses.

— Vamos, com certeza.

Megumi acompanhou Akari até a porta, e a mulher saiu do salão. Então Megumi se virou para Mizumoto.

— Obrigada por vir até aqui hoje! E desculpe por fazer você esperar. Como você disse que se atrasaria, acabei aproveitando para fazer um penteado na minha amiga, que veio aqui me contar umas coisas do trabalho.

— Ah, não, que isso. Eu é que peço desculpa por ter me atrasado.

Megumi balançou a cabeça.

— Imagine. Aceita um café?

— Sim, por favor.

— Você prefere quente ou gelado?

Como estava com sede, Mizumoto quis gelado e afrouxou a gravata para aliviar a tensão. Ele estava de traje social, porque estava ali para tratar de trabalho. Não, na verdade isso era só uma desculpa. Havia escolhido a roupa social porque nunca sabia o que vestir, inseguro quanto ao próprio estilo. Megumi não era uma beldade nem fazia o tipo dele, porém ele sentia uma forte atração por ela desde o dia em que tinham se encontrado, embora não soubesse explicar bem o porquê.

Então, Megumi foi até o sofá com uma bandeja com copos de café gelado. No café havia um pouco de leite, que se espalhava devagar pela bebida de cor escura.

— Ah, eu coloquei leite e melado no café, tudo bem? Se você não gostar muito de doce, pode deixar que eu bebo.

— Ah, tudo bem. Café quente eu tomo puro, mas gosto de leite e melado no café gelado.

— Que bom, então! — disse Megumi, e colocou os copos na mesa. — Aqui está. Café gelado com melado da alvorada.

Mizumoto piscou os olhos, intrigado, e ela riu com um ar travesso.

— É que dia desses tive um sonho diferente. No sonho, me serviam um café gelado tão bom que desde então fico tentando reproduzir, mas não tem dado muito certo...

No instante em que ouviu essas palavras, Mizumoto sentiu a doçura refrescante da bebida se espalhar pela boca. Diante do silêncio dele, Megumi riu.

— Ah, desculpa... É estranho eu me lembrar do sabor do café que bebi no sonho, não é?

Mizumoto fez que não com a cabeça.

— Na verdade, eu também tive um sonho quando adormeci no trem vindo para cá — revelou ele. — Ao acordar, não me lembrei do sonho, só que tinham me servido uma bebida... Pensando bem, agora lembro que ela estava deliciosa.

— É mesmo? — Megumi se inclinou um pouco para a frente, interessada. — Como era esse sonho?

Mizumoto ficou sem jeito e se afastou sutilmente.

— É que não consigo me lembrar muito bem...

Como é que tinha sido o sonho mesmo?

4

Ah, é... No sonho, eu também estava no trem. "Pastoral", de Beethoven, tocava ao longe e o trem passava por um campo parecendo acompanhar o ritmo da música.

Ué, por que o trem está passando pelo campo?, me perguntei, mas minha mente parecia meio enevoada. Eu estava envolto em uma luz abundante, mas a paisagem parecia coberta pela névoa. *Devo estar sonhando.*

O movimento do trem era como o balançar de um berço, e eu me sentia um pouco sonolento. O veículo percorreu o vasto campo verde e então parou, ainda em meio a essa paisagem. Os passageiros no vagão foram descendo, felizes. Eu também me levantei, sem pressa, e saí. Dava para ver montanhas do outro lado do campo.

Já vi essa paisagem em algum lugar, pensei, com o raciocínio lento. *Ah, lembrei: parece muito o lugar onde meus pais vivem hoje.* Eles moravam em Miyama, na cidade de Nantan. Quando eu estava no início do fundamental, fui passear em Miyama com os meus pais, e, ao ver aquela paisagem pacata, eles disseram: "Seria bom poder morar em um lugar assim e levar uma vida tranquila depois de nos aposentarmos."

A brisa suave era agradável. O pôr do sol carmesim se estendia no céu sobre o campo verde. Uma lua cheia resplandecia no céu e, na estrada adiante, vi um trailer no qual funcionava um café. Ao redor do trailer havia algumas mesas de madeira, às quais os passageiros do trem estavam se sentando. Embora não desse para ver muito bem o rosto delas, eu sabia que eram os passageiros do trem. Sonhos são ambientes incertos.

Eu me acomodei em uma das mesas de dois lugares que estava vaga. Então, alguém veio e me serviu uma bebida.

— Aqui está: *cream soda* de Mercúrio.

Em contraste com a paisagem e as pessoas, a bebida estava bem nítida, eu a via com muita clareza. Era mesmo um *cream soda*: um copo com soda, uma bola de sorvete e uma cereja no topo. As únicas coisas diferentes da bebida clássica eram que o líquido não era verde, mas um azul-celeste límpido, e o sorvete, em vez de ser cor de baunilha, era de um cinza quase branco.

Peguei o copo e pus o canudo na boca. A bebida tinha uma refrescância reconfortante e era doce na medida certa. Ao mesmo tempo que senti como se nunca tivesse provado algo assim, o sabor era nostálgico.

O sorvete cinza-claro era um *sorbet*. Tinha um leve sabor de limão que harmonizava perfeitamente com a soda. Enquanto saboreava a bebida, ouvi:

— Vários problemas com e-mails, dados corrompidos e atrasos de trem... Isso que é Mercúrio retrógrado, hein! — disse uma voz feminina em um tom lamentoso.

Eu estava pensando exatamente nessas coisas e senti como se ela tivesse lido minha mente. Virei paro o lado, na direção da voz, mas não era uma mulher que estava ali, e sim uma gata persa de pelos brancos. Sua pelagem abundante lembrava a de uma chinchila.

Uma gata que fala?

—Vê, você poderia não falar como se fosse culpa minha? — disse outro gato, sentado do lado oposto.

Era um siamês de olhos azuis e com voz de garoto.

— Ah, mas não falei que a culpa é sua, Mê — replicou a persa.

— Mê, não. Meu nome é Mercury.

— Ué, mas você me chama de Vê.

— Acontece que não é fácil falar o seu nome.

— O que em Venus é difícil de falar? Eu, hein...

Entendi que o nome da gata era Venus e o do gato era Mercury. Eu continuava a ver somente as silhuetas das pessoas, mas a imagem dos gatos era nítida — e, ainda por cima, eles falavam. Era peculiar, mesmo para um sonho.

Mas o que seria Mercúrio retrógrado, afinal?

Sem me dar conta, fiquei observando os dois gatos, e então Venus acenou para mim.

— Oi! — Ela me cumprimentou. Acanhado, fiz uma breve reverência e tomei mais um gole do *cream soda*. Era tão saboroso e familiar... — É bem nostálgico, não é? *Cream soda* de Mercúrio é perfeito para o Mercúrio retrógrado. Uma escolha perfeita do mestre — comentou Venus.

— É mesmo — concordou Mercury.

Ao vê-los olhando para a minha bebida, resolvi falar com eles, ainda que me sentisse envergonhado.

— Sabe... Eu tenho tido alguns desses problemas que vocês falaram. O que é Mercúrio retrógrado? — perguntei, vencendo a timidez, algo que eu dificilmente conseguiria fazer no mundo real, afinal de contas era um sonho.

Mercury assumiu uma expressão de contemplação.

— Ah, Mercúrio retrógrado é quando Mercúrio retrocede — disse ele sucintamente.

Venus fez uma careta.

— Isso não explica nada! — exclamou ela. — Mercúrio retrógrado é um período em que o planeta Mercúrio faz um movimento retrógrado. Ele faz isso umas três vezes por ano.

— Movimento retrógrado? Mas os planetas do Sistema Solar não retrocedem, certo?

— Não é que eles estejam retrocedendo de verdade — respondeu o gato. — É que nesses períodos, vendo daqui da Terra, parece que Mercúrio está retrocedendo. É uma espécie de ilusão de ótica.

Cruzei os braços, refletindo.

— Mercúrio é o planeta do Sistema Solar que orbita mais próximo do Sol, e essa órbita tem uma duração diferente da órbita da Terra, o que faz com que às vezes pareça que ele está retrocedendo. É a mesma coisa de quando estamos no trem ou na estrada e o trem ou carro ao lado parece estar indo para trás, apesar de estar indo na mesma direção que nós.

O exemplo era bem didático e eu entendi na hora.

— Ah! E isso acontece umas três vezes por ano?

— Por aí. São três períodos que duram cerca de três semanas cada.

Levam um tempinho...

— Até que duram bastante tempo, não é? — disse Venus, como se lesse meus pensamentos. — Mercúrio é o planeta que representa as ondas de transmissão e a comunicação. Quando ele parece estar retrocedendo do ponto de vista da Terra, a energia dele pode ter efeitos contrários. Por isso, quando ele está retrógrado, os problemas com aparelhos eletrônicos e de comunicação são mais comuns. Como os e-mails não chegarem à caixa de entrada ou haver atraso nos voos ou nos trens.

Quando eu tinha problemas nos dados ou na comunicação, realmente eles iam se sucedendo por cerca de um mês. Eu passava uns dias me irritando com isso, mas então eles acabavam e tudo voltava ao normal.

— Ah, então a sucessão de problemas que ocorreram comigo era porque Mercúrio estava retrógrado... — concluí, quase satisfeito, mas fiquei intrigado de repente. — Mas por que o Yasuda, meu sócio, nunca sofre com essas coisas?

Enquanto eu passava por dificuldades com dados corrompidos e atrasos de trens, ele parecia não ser afetado em nada.

— Algumas pessoas são mais suscetíveis ao Mercúrio retrógrado do que outras. Tudo depende da posição dos astros no seu mapa e do período em questão, mas, no seu caso, deve ser por ter Mercúrio na casa 6. Você é impactado tanto pelos benefícios quanto pelas desvantagens desse posicionamento — explicou Mercury com propriedade.

— Hã... E o que quer dizer ter Mercúrio na casa 6? — questionei.

— Tem a ver com astrologia. A casa 6 representa aspectos como o trabalho e a saúde. E você tem Mercúrio nessa casa. Por isso, é compatível com o seu trabalho atual na área de T.I., mas também torna você mais suscetível aos efeitos de Mercúrio — respondeu Venus.

Assenti enquanto absorvia aquelas informações. Eu ainda não entendia bem o que aquilo significava, mas me satisfiz por ora.

Deve ser isso, então. Se sou muito afetado por Mercúrio retrógrado, talvez seja melhor relaxar em vez de tentar trabalhar a todo o vapor nesses períodos.

Olhei ao redor, observando todo o campo que se estendia, vasto, e respirei fundo. Cogitei visitar os meus pais, porque fazia tempo que eu não os via. Então lembrei que eles estavam viajando por Hokkaido.

Ao pensar nisso, fiquei preocupado e olhei para os dois gatos.

— É melhor evitar viajar quando o Mercúrio estiver retrógrado? Por exemplo, seria mais prudente não pegar avião por ter mais risco de haver acidentes? — perguntei.

Venus riu.

— Pode ficar tranquilo. Mercúrio é um planeta pequeno e só afeta horários de chegada e partida dos voos. Ele não tem potência para causar grandes acidentes — afirmou ela, enquanto Mercury bufou, parecendo contrariado. Sem se importar, a gata continuou, entretida: — Não tem problema viajar durante Mercúrio retrógrado, mas é bom procurar fazer as coisas com antecedência e verificar tudo duas vezes. E isso não vale só para viagens. Você vai evitar problemas ao ser mais meticuloso.

Mercury concordou:

— Isso mesmo. É só ter sempre em mente que é um período em que você vai estar mais propenso a cometer erros ou ter problemas.

— Entendi.

Com certeza sou mais suscetível aos efeitos de Mercúrio retrógrado, concluí. Dali em diante, decidi checar os períodos em que isso ocorre para ficar mais atento e fazer as coisas com antecedência. Enquanto eu pensava nisso, Mercury continuou:

— Outra coisa com que se deve ter cuidado nesses períodos é que não são bons momentos para firmar grandes contratos.

— Hã? Contratos?

— É, lembre-se disso. Mercúrio retrógrado só dura umas três semanas, então é melhor usar esse tempo para checar o contrato com cuidado e deixar para firmar o acordo quando esse período acabar. Se não tiver como adiar, seja mais prudente do que o habitual.

— Esse negócio de Mercúrio retrógrado é bem chato, hein... — deixei escapar, e Mercury se retraiu, desconfortável, como se o comentário fosse algo pessoal.

Ao notar a reação dele, Venus fez que não com a cabeça.

— Não — interveio ela —, não acontecem só coisas ruins. Durante esse período também...

★

— Sonhos podem ser bem enigmáticos, não é mesmo? — As palavras de Megumi trouxeram Mizumoto de volta à realidade.

— Ah, sim... Podem mesmo.

Ele estava no trem, então chegou ao campo e tinha um café itinerante, onde ele tomou um *cream soda* azul e conversou com gatos... Um sonho assim só poderia ser descrito como enigmático. Também era estranho o fato de algumas coisas estarem enevoadas e outras, tão nítidas. Ao recordar-se do sonho, Mizumoto se lembrou claramente do gosto do *cream soda* que lhe foi servido e percebeu que agora sabia sobre Mercúrio retrógrado, algo sobre o que não fazia ideia antes.

— Sonhos são bem curiosos — disse Mizumoto, cruzando os braços.

Aliás, o que Venus tinha dito no fim do sonho mesmo? "Não acontecem só coisas ruins. Durante esse período também..." Ele estava quase se lembrando, mas, para se concentrar nisso até que a memória surgisse, teria que ficar calado por um tempo. Em vez disso, ele queria ouvir o que Megumi tinha a dizer. Mizumoto então a encarou e perguntou:

— E como foi o sonho que você teve?

Em parte, ele queria saber mais sobre Megumi; em parte, estava com uma curiosidade genuína sobre o sonho que ela havia tido.

Megumi entrelaçou os dedos sobre os joelhos.

—Ah, então... Foi graças a esse sonho que eu tomei a decisão de pedir demissão do salão onde eu estava trabalhando.

— Graças ao sonho?

Ela riu, contente, e assentiu com a cabeça.

Segunda parte: Champanhe *float* do luar de Vênus

1

— Eu sei, deve parecer meio louco dizer que pedi demissão porque tive um sonho... Mas não me arrependo — disse Megumi, e Mizumoto concordou, calado. Ela prosseguiu: — Desde pequena, sempre gostei de arrumar o cabelo das minhas amigas, deixar as pessoas mais bonitas, então trabalhar como cabeleireira parecia a profissão perfeita. E eu admirava a vida na cidade grande, mas, como não tive coragem de ir para Tóquio, escolhi trabalhar em Umeda, o maior centro urbano do Oeste do Japão. E estava feliz de ter realizado esses sonhos.

Ela falava com entusiasmo, mas então abaixou a cabeça.

— Só que... mesmo trabalhando no lugar de que eu gostava, fazendo o que gostava, sentia que algo não estava certo. Sentia que tinha alguma coisa fora do lugar, mas não sabia dizer o que era... — Ela respirou fundo. — Foi quando tive o sonho.

Então começou a contar o sonho, olhando ao longe.

★

Era um fim de expediente como outro qualquer. Só que o gerente chamou todos os funcionários e apontou aqueles que não costumavam ser escolhidos pelos clientes.

— Vocês devem seguir o exemplo da Hayakawa. Muitos clientes chegam procurando por ela. Aprendam a tratar cada um deles muito bem.

Fui elogiada na frente de todo mundo. Os outros funcionários, inclusive os que trabalhavam ali havia mais tempo do que eu, concordaram com o que o gerente dissera. Normalmente as pessoas ficariam felizes com um elogio, mas eu fiquei muito frustrada. Gostava de ser cabeleireira e me sentia confiante em relação a certos aspectos, mas me faltava um pouco de técnica. Os clientes me escolhiam porque eu era amigável e simpática, mas eu sabia que não era a mais talentosa do salão. Ser escolhida pelos clientes me deixava feliz, mas a verdade era que eu não estava me dedicando ardentemente a ser a melhor profissional do salão.

Com um nó na garganta, não quis voltar direto para casa, então entrei sozinha em um bar estilo *izakaya* e acabei bebendo muito. Quando saí do bar, enquanto caminhava, algo peculiar aconteceu. Era para eu estar andando por uma rua de Osaka, mas, por algum motivo, me vi nesta galeria, a galeria de Otesuji. Além disso, apesar de já ser tarde da noite, o tempo parecia ter voltado ao fim da tarde.

A galeria vivia movimentada durante as tardes, porém, naquele momento, não havia ninguém passando por ali. Andei por ela com a mente enevoada, meio intrigada. Então vi uma mulher de pé em frente ao salão dos meus pais. Era uma moça loira de olhos azuis que lembrava os escandinavos, muito bonita. Seu cabelo era platinado e ondulado e seus olhos claros pareciam ter um toque dourado.

— Ah... Você trabalha nesse salão? — disse ela ao me ver.

— Sou a filha dos donos. O que a senhora deseja?

Ela olhou para baixo, sem jeito.

— É que tenho uma apresentação importante hoje à noite, então queria fazer uma maquiagem e um penteado. Mas acho que está fechado...

Ao ouvi-la, coloquei a mão na maçaneta, mas estava trancada. Espiei pela vidraça o interior do salão.

— Acho que está fechado mesmo. E eu não tenho a chave...

Ela abaixou a cabeça, parecendo desapontada. Era um tanto estranho uma moça que parecia uma estrela de cinema vir a este salão simples dos meus pais. Contudo, de repente me senti alegre.

— Ah, posso ajudar com isso. Trabalho em um salão, e meus itens básicos estão aqui comigo — ofereci.

Ela se animou no mesmo instante.

— Sério? Isso seria incrível!

— Só tem uma coisa: onde a gente poderia ficar? — questionei, olhando ao redor.

— Nosso café fica aqui pertinho. Você pode fazer meu cabelo lá — sugeriu ela, e logo começou a andar com delicadeza.

— Você trabalha aqui nesta galeria? — perguntei.

— Trabalho, mas só por hoje.

Logo entendi o que ela quis dizer. Ao passarmos pelo portal do Daikoji, que fica no meio da galeria, avistei um trailer de café no meio das dependências do templo com algumas mesas dispostas em frente.

— Ficaremos aqui somente hoje — explicou ela e riu discretamente. Um grande gato tricolor de avental saiu do trailer e colocou uma placa em que se lia CAFÉ DA LUA CHEIA.

— Mestre, vou usar esta mesa — avisou ela, acenando para o gato tricolor.

Aquilo devia ser uma fantasia.

Um pouco afastados do trailer, um grupo de homens e mulheres estrangeiros conversava, acomodados em cadeiras dobráveis, com instrumentos musicais em mãos. Havia um jovem de cabelo ruivo com um trompete, um garoto bonito de cabelo grisalho com uma flauta, uma mulher gorda de semblante simpático com um violoncelo e um homem de terno preto e ar meio rigoroso com a batuta. Entre eles, a pessoa que mais chamou a minha atenção foi uma bela mulher de cabelos longos lisos. Acabei fitando-a, admirada.

— Ela é linda, não é? — comentou a moça loira de olhos azuis, sentando-se na cadeira.

— É, assim como você — afirmei com sinceridade, e ela agradeceu, contente.

— Nós somos funcionários do Café da Lua Cheia, mas às vezes somos também a Orquestra da Lua Cheia.

Olhei novamente para os estrangeiros com os instrumentos.

— Então aqueles são os integrantes da orquestra?

— São — respondeu ela. — Não estão todos aqui esta noite. Apenas os integrantes que estão conectados.

— Conectados? Como assim? — perguntei, curiosa.

Embora falasse muito bem, dava para notar que ela era estrangeira, então talvez não tivesse se expressado tão bem.

— A mulher de cabelo preto é cantora de ópera e é admirada por todos. Hoje eu vou tocar violino ao lado dela — contou, entusiasmada, com o rosto um tanto corado.

Era notório que aquela era uma apresentação importante para ela.

— Certo. Vou deixar você deslumbrante.

Peguei meus utensílios na bolsa e os coloquei na mesa. Em seguida, abri o espelho triplo e fechei os botões da capa ao redor do pescoço dela.

Ela parecia tremer, imaginei que por nervosismo e entusiasmo. Meu coração também palpitava, mas eu não me sentia nervosa. Tinha certeza de que a deixaria deslumbrante.

Eu a maquiei com capricho e depois comecei a fazer o penteado naquele cabelo bonito e sedoso. Ela estava ficando ainda mais bonita. Dei tudo de mim para aquela produção e, ao acabar o trabalho, soltei um longo suspiro. Quando dei por mim, o céu carmesim já estava azul-escuro.

Ao olhar a própria imagem no espelho, ela sorriu, feliz.

— Muito obrigada por me deixar tão bonita. Você é incrível!

— Imagina, eu que agradeço. Fazia tempo que não sentia tanto prazer ao trabalhar.

Naquele momento, eu me senti totalmente realizada. Poder ressaltar a beleza das pessoas me deixava feliz.

— Fazia tempo? Mas então... você não sente prazer no seu trabalho? — perguntou ela, preocupada.

Fiquei sem saber bem o que responder.

— Eu gosto de realçar a beleza das pessoas, como fiz com você — respondi, por fim. — Então, acho que estou na profissão perfeita para mim, trabalhando com cabelos e maquiagens, mas...

Por que será que me sinto tão mal no meu dia a dia?, perguntei a mim mesma e abaixei a cabeça.

Ela olhou na direção da mulher de cabelos pretos e disse:

— Ela era uma cantora que só cantava baladas, mas em determinado momento deixou de sentir prazer naquilo. Embora adorasse cantar, me contou que muitas vezes se sentia frustrada. Até que, um dia, ela experimentou a ópera e pensou: "Era isso que eu queria cantar." Foi como se aquilo tivesse tocado a alma dela. Talvez você esteja em uma situação parecida. — Fui pega de surpresa por essas palavras. — Muito obrigada mesmo, Megumi — repetiu ela, então fez uma reverência e foi em direção à banda, quase saltitante.

Como ela sabia o meu nome? Essa dúvida logo se dissipou, porque, assim que parou ao lado da bela mulher de cabelos pretos, ambas se transformaram em gatas. *Ah, sim, estou sonhando.*

Uma gata era persa, toda branca, e a outra era de pelagem preta e tinha olhos púrpura penetrantes. As duas reluziram, ofuscantes, e desapareceram como se tivessem sido sugadas pelo céu noturno.

Atônita, acompanhei a luz que se estendia até o céu e olhei para cima. Ao lado da grande lua cheia, brilhava Vênus.

Então o homem de terno preto movimentou a batuta e os integrantes da orquestra começaram a tocar. Uma voz encantadora e o som do violino se faziam ouvir, como se viessem dos céus.

Quando me dei conta, havia clientes sentados a outras mesas também. Dava para ver as silhuetas deles, mas, por algum motivo, eu não conseguia enxergar os rostos. Talvez fosse porque estivesse um pouco escuro, já que a única fonte de luz era o luar.

A música e a voz que se ouviam eram lindas. Eu me deixei levar pela melodia, pensando que já a ouvira em algum lugar.

— É "Nessun dorma", de Turandot — comentou o mestre, que devia ser o dono do café.

Ele carregava uma bandeja nas patas. Encarei-o, hesitante, e ele semicerrou os olhos, como se sorrisse. Então serviu uma taça de coquetel na qual havia uma bola de sorvete dourado com uma folha de hortelã no topo. Para completar, o gato tricolor regou a taça com champanhe.

— Este é o champanhe *float* do luar de Vênus. Experimente com os nossos morangos extradoces.

Ao lado da taça, ele pôs um pires com morangos polvilhados com pó de ouro.

— Que chique! — exclamei.

— É que hoje temos uma apresentação especial. Vênus e a Lua Cheia são as estrelas da noite — revelou o mestre, abrindo um sorriso.

Ao pegar a colher e provar o sorvete dourado, o gosto de pêssego se espalhou pela minha boca. Não só era doce, como também tinha o sabor realçado pela combinação com a hortelã e o champanhe. Era ao mesmo tempo uma bebida e uma sobremesa, sem dúvida para o paladar de adultos.

— Está... divino.

O concerto continuava. Os integrantes da orquestra tocavam os instrumentos com alegria, acompanhados pela amplitude do canto da gata preta.

— Que voz encantadora. Espero que um dia eu também encontre a minha "ópera" — murmurei, mais para mim mesma.

— Ah, sim! — O mestre pegou o relógio de bolso que pendia do próprio pescoço e perguntou: — Posso ler o que os astros dizem sobre você?

— Ah... Claro — respondi, sem entender muito bem o que ele dissera.

O gato então apertou a coroa do relógio e olhou para o mostrador, e um mapa astral apareceu sobre nós.

Ao contemplar o céu noturno, ele pareceu ter descoberto algo.

— Hum, você tem Vênus na casa 2.

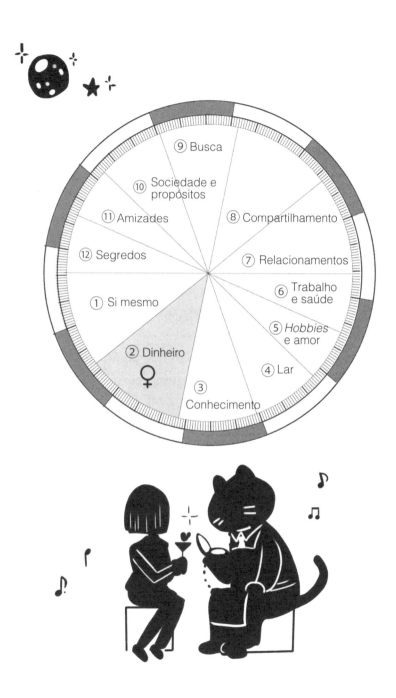

Vi que na tal casa 2 constava o símbolo ♀ e a palavra "dinheiro".

— A casa 2, que representa o dinheiro e as posses, é também a casa que mostra a maneira de ganhar dinheiro que é compatível com você. Vênus é um planeta que representa o prazer, entre outras coisas. Por isso, como Vênus está na sua casa 2, isso significa que você vai prosperar ao colocar em prática aquilo que lhe dá mais prazer — disse o tricolor.

Olhando para o céu, refleti. Meu trabalho deveria ser prazeroso para mim. Por que será, então, que nos últimos tempos tinha se tornado tão difícil? Havia duas coisas nas quais eu conseguia pensar. Uma delas era que não podia trabalhar no meu próprio ritmo, sempre tendo que me encaixar aos horários de outras pessoas; a outra, algo difícil de admitir para mim mesma, já que era cabeleireira: eu não gostava tanto assim de cortar cabelo. *É isso.*

Eu adorava fazer penteados para o *shichigosan*, tradicional festividade que celebrava os ritos de passagem de crianças, para a cerimônia da maioridade, para casamentos e ensaios fotográficos. Não tinha dúvida de que era capaz de deixar as pessoas deslumbrantes. No entanto, os cortes não ficavam sempre como eu imaginava e não eram algo que me dava prazer.

O mestre tinha dito que eu devia colocar em prática o que me dava mais prazer... E se eu só trabalhasse com o que me alegrava? Esse pensamento me deixou mais leve.

O céu, que estava azul-marinho, começou a clarear com o raiar do sol. *Como o tempo passou tão rápido?*

— Beba um café gelado para aproveitar o amanhecer — disse o tricolor, com um sorrisinho, enquanto colocava um copo alto diante de mim.

Era um café gelado de um roxo-avermelhado profundo, quase índigo. Por cima, o gato acrescentou uma calda esbranquiçada.

— Experimente com a calda da alvorada.

O roxo-avermelhado profundo do café gelado foi clareando rapidamente. Peguei o canudo e tomei um gole. Era ao mesmo tempo doce e levemente amargo. O sabor me despertou com delicadeza.

— Que delícia... — comentei.

A noite se transformava em dia depressa. Semicerrei os olhos, ofuscada.

★

— E, quando abri os olhos, eu estava na cama, no meu quarto. — Depois de contar o sonho, Megumi olhou para Mizumoto. — Não é engraçado?

Ele assentiu, em choque, e engoliu em seco.

— Ah, desculpa. Meio estranho, não é? — comentou a jovem.

— Não! — apressou-se a dizer Mizumoto, fazendo que não com a cabeça.

Na verdade, o motivo do choque dele era a semelhança com o sonho que ele havia tido.

— Mas, enfim, aí eu pedi demissão lá do salão — retomou Megumi.

Mizumoto a encarou.

— E decidiu ajudar aqui no salão dos seus pais?

Por ser dos pais dela, ela devia ter mais flexibilidade para poder trabalhar do jeito que preferia. Pelo menos foi o que Mizumoto pensou, mas não era bem assim.

— É, estou dando uma ajuda, mas eu agora sou *freelancer* e foco só em penteados, maquiagens e coisas assim.

— *Freelancer*? Existem cabeleireiras *freelancer*?

— Existem. Elas são chamadas para casamentos ou sessões fotográficas, por exemplo.

Mizumoto assentiu.

— Eu estava preparada para o pior, achando que não teria tanto trabalho no começo. Mas foi só começar que vários lugares passaram a me chamar. Meu pai, por exemplo, conhece uma pessoa que faz o cabelo de gueixas e *maikos* no bairro tradicional de Gion, em Quioto, e que disse que gostaria de contar com a minha ajuda. Aquela amiga que estava aqui agora há pouco trabalha no mercado audiovisual e também veio me falar que um estilista da emissora está precisando de mão de obra extra. Não é ótimo?

Os olhos dela brilhavam, e Mizumoto concordou com sinceridade. Então ela continuou:

— Só que ultimamente venho tendo vários problemas na hora de responder aos contatos e administrar a minha agenda. Por isso queria fazer um site profissional.

Então era isso. Mizumoto entendeu a motivação dela. Ele se endireitou e a encarou.

— Nós ficaremos felizes em ajudar nisso. Vamos fazer o possível para que o orçamento fique bem acessível, e isso será mais fácil se você usar um de nossos templates.

— Que bom! Obrigada.

— Como você quer que seja o site? Posso mostrar alguns templates para você... — Mizumoto tirou panfletos da maleta enquanto falava.

— Eu queria algo simples, mas elegante, que fosse convidativo mesmo para clientes diretos, e não só para empresas. Uma página que mostrasse o calendário, ou algo assim.

— Certo. — Mizumoto mostrou um dos templates. — Que tal este aqui?

— Ah, assim mesmo. Gostei.

— E esta é uma sugestão pessoal, mas achei sua técnica de fazer o penteado impressionante. Que tal se fizer um vídeo disso e colocar no site?

— Ah, boa ideia! Seria legal se eu pudesse colocar no site vídeos do tipo "penteados fáceis", como os vídeos curtos de receitas.

— Se for o caso, acho que seria ainda mais eficiente se você integrasse o site com redes sociais.

Mizumoto foi dando sugestões, e então Megumi riu, parecendo estar se divertindo.

— Ah... eu disse algo estranho?

— Não, não, desculpe. É que me lembrei de você pequeno e fiquei pensando: "Nossa, o Mizumoto se tornou um grande empreendedor."

Ele deu um sorriso constrangido enquanto Megumi ria. Na memória dela, ele era aquele garoto da escola, três anos mais novo do que ela — o que era uma diferença grande quando se estava no ensino fundamental —, então devia ser um tanto esquisito vê-lo assim.

— Ah, aliás, aquela minha amiga também fazia parte do nosso grupo de voltar para casa — revelou Megumi, como se tivesse acabado de se lembrar disso.

— Sério? Ela também?

— É, ela era a líder do grupo.

Mesmo com esse comentário, ele não se recordou dela.

— Hum, não me lembro.

— Ah, claro. Você estava no quarto ano quando a gente estava no sétimo. Mas você se lembra da professora Serikawa? Que depois virou roteirista?

— Ah, sim, lembro.

Ele não só se lembrava, como também trabalhava com ela, por coincidência. Além de tudo, houve um episódio que o marcou muito. Aliás, devia ser por isso que Megumi se lembrava dele.

— Sinto saudade daquele tempo... — deixou escapar Mizumoto.

— É mesmo — concordou Megumi e olhou para o teto, como se enxergasse algo além.

2

Eu só me recordava vagamente dos acontecimentos daquela época, mas disto me lembrava com nitidez.

Nosso grupo de volta da escola para casa era acompanhado por uma professora substituta chamada Mizuki Serikawa. Em geral, professores só acompanhavam os grupos no caminho de volta, porém a professora Serikawa morava perto da rota, então nos acompanhava também na ida.

"Vocês fizeram a lição de casa?", nos perguntava ela com animação de manhã, enquanto na volta para casa brincávamos com jogos de palavras e cantávamos. Era divertido. Todos gostavam dela, a ponto de ficarmos chateados quando ela não vinha.

Certo dia, aconteceu aquilo. Quando chegávamos ao parque, o grupo se dispersava, porque os responsáveis pelos alunos do segundo e do terceiro ano iam ali buscá-los. Naquele dia, porém, ao chegarmos ao parque, em vez de cumprimentar os responsáveis com um sorriso, como sempre fazia, a professora Serikawa fitou com uma expressão enigmática uma casa elegante de estilo ocidental que ficava perto. Na casa morava um senhor idoso cheio de classe, de cabelos brancos, sempre bem-vestido, e que vivia sozinho.

Diziam que ele era um pianista que havia chegado a trabalhar no exterior e que ainda tocava piano — e sempre ouvíamos o som do instrumento quando voltávamos da escola.

"O que foi, professora?", indagaram os alunos mais velhos, estranhando a reação dela.

Ela então olhou para eles, como se tivesse voltado a si, e disse:

"Aquele senhor sempre abre a janela de manhã quando não está chovendo, para arejar a casa. E à tardinha toca o piano. Quando não faz isso, ele cuida do jardim. Mas a janela está fechada desde anteontem, embora o tempo esteja bom. Também não estou ouvindo o som do piano, e ele não está no jardim..."

"Ele abre a janela todas as manhãs mesmo?", questionou um dos alunos mais velhos, percebendo a preocupação da professora.

"Ele pode ter ido viajar", sugeriu outro.

A professora Serikawa deu um sorriso tenso e observou: "Aquele senhor vive falando que não tem como viajar porque resgata gatos abandonados e tem muitos deles em casa... Estou preocupada, vou lá tocar a campainha."

Dito isso, ela foi até a pequena casa de estilo ocidental, e os alunos restantes no grupo a acompanharam. Eu, Mizumoto, não me lembrava, mas aparentemente Akari, a líder do grupo, e Megumi também estavam presentes.

A professora respirou fundo e apertou a campainha. Não houve resposta. Em vez disso, muitos gatos surgiram na janela, miando, como se pedissem ajuda.

"Ah, não... Deve ter mesmo acontecido alguma coisa", concluiu a professora Serikawa, que imediatamente contatou a polícia, pedindo que verificassem o local.

Quando os policiais chegaram, descobriram que o senhor ficara muito doente havia alguns dias e não estava conseguindo sair da cama. A ambulância logo chegou, e ele foi levado na maca. Os gatos pulavam repetidamente nela, mesmo sendo enxotados, como se quisessem ir com ele. O senhor demonstrou muita preocupação com os felinos.

"Se quiser, podemos cuidar dos gatos até o senhor voltar", ofereceu a professora Serikawa.

Muito contente, o senhor deixou a chave de casa com ela. "Obrigado!"

Os responsáveis que ainda estavam no parque, aguardando o desenrolar da situação, criticaram essa decisão: "Ficar com a chave? Isso pode gerar diversos problemas..."

A professora Serikawa, no entanto, sorriu e afirmou: "É só até ele voltar."

Assim, ela e os alunos cuidaram dos gatos, dia após dia: davam comida de manhã e de tarde e limpavam as caixas de areia.

"O senhor deve voltar logo, pessoal", dizia a professora enquanto cuidava dos gatos.

Entretanto, o idoso não voltou. Cerca de um mês após ser levado ao hospital, ele faleceu. Os gatos pularam na maca um após o outro porque provavelmente sabiam que nunca mais o veriam.

Descobrimos algumas coisas sobre esse senhor depois que faleceu. Ele fora regente de uma orquestra no exterior, mas deixou de ser regente e tornou-se pianista. Parece que havia dedicado a vida à música e nunca se casara. Como não tinha filhos, resgatava gatos abandonados e cuidava deles como se fossem seus filhos. No entanto, tinha um sobrinho, não muito próximo, que ficaria com a herança. Quando esse sobrinho apareceu, anunciou que venderia a casa e deixaria os animais a cargo do centro de zoonoses. Mas a professora e os alunos se opuseram veementemente.

"Espere só mais um pouco! A gente vai arranjar adotantes para os gatos."

O sobrinho, porém, insistia que queria vender a casa o quanto antes. Todos sentiam um peso no coração ao ouvir sobre a situação. Queriam salvar os gatos. No entanto, as crianças não podiam ficar com eles por motivos diversos. Sabendo disso, pensei: *Será que não podemos ficar com eles lá em casa?* Voltei correndo para falar com meus pais.

Minha família tinha uma empreiteira, com um pequeno galpão onde os materiais eram guardados. Já até havia um gato no local. Então, minha súplica surtiu efeito, e meus pais, generosos, concordaram em aceitar os gatos do senhor no galpão, com a condição de que todos cuidassem dos bichanos até que estes fossem adotados.

Assim, os gatos ficaram no galpão por um tempo, sob os cuidados diários da professora Serikawa e dos alunos. E o esforço de todos não foi em vão: nós arranjamos quem os adotasse, de modo que todos os gatos ganharam novas casas.

★

— Quando começamos a achar que os gatos acabariam no centro de zoonoses, você veio correndo até o parque e disse: "Posso ficar com eles lá em casa." Eu me lembro muito bem daquele momento. Fiquei tão feliz que quase chorei! — revelou Megumi, que, emocionada pela lembrança, apoiou o rosto nas mãos, com os olhos marejados.

Mizumoto abaixou a cabeça, encabulado. Nesse instante, ele se lembrou de uma coisa.

Quando Mizumoto dissera que poderia ficar com os gatos, uma das alunas mais velhas se virara para ele, com lágrimas nos olhos, e lhe agradecera. Fora mais do que um "quase chorei"; ela tinha chorado copiosamente, como uma criança pequena.

A cena de uma menina mais velha, do sétimo ano, chorando daquele jeito o marcou bastante, e agora ele sabia que aquela menina só podia ser Megumi.

— Talvez sejam os gatos daquela época... tentando retribuir o favor — soltou Mizumoto.

Megumi piscou os olhos, perplexa.

— O quê?

— O sonho que você teve, sabe... Pode ser que os gatos estivessem lhe retribuindo o favor.

Megumi sorriu discretamente.

— Eu só cuidei deles junto com todo o grupo. Não fiz nada em particular que merecesse ser retribuído. Além disso, não tinha persas de pelagem tão bonita ou gatos pretos de olhos púrpura — afirmou ela.

—Tem razão — concordou Mizumoto. O senhor só tinha gatos de pelo curto. — Vai ver os gatos pediram que o deus dos gatos retribuísse... — disse ele sem pensar.

Megumi não conseguiu segurar o riso.

— Deus dos gatos? Fico surpresa por ouvir alguém como você dizer algo assim.

Mizumoto sentiu o rosto ficar quente. De fato, ele não era mesmo de falar esse tipo de coisa.

— Além disso — continuou ela —, se os gatos pudessem pedir que o deus dos gatos retribuísse algo, você é quem deveria receber essa retribuição.

— Eu?

— É. Foi você quem salvou os gatos. A gente só estava triste, choramingando.

— Só pude ficar com eles por acaso, por causa do galpão dos meus pais. Não é para tanto...

Ele também riu, e então, nesse momento, se lembrou do que a gata persa falara no fim do sonho dele.

"Não, não acontecem só coisas ruins. Durante esse período também é mais comum que as pessoas reflitam sobre o passado. Não é só o avanço que é positivo, sabe? É importante se lembrar do passado, olhar para si mesmo. Durante o Mercúrio retrógrado, você talvez reencontre pessoas que não via fazia tempos, e é um momento propício para tentar coisas que você não pôde fazer na época... Para novas chances..."

Ah, era isso, refletiu Mizumoto.

Quando vira aquela garota mais velha que ele se desmanchar em lágrimas, ele sentira um aperto no peito. A distância entre um aluno do quarto ano e uma do sétimo ano é grande; mesmo assim, ele foi tocado por uma necessidade agridoce de protegê-la. Mizumoto não tinha percebido, mas ela devia ter sido o primeiro amor dele. O sentimento agridoce daquela época encheu seu coração. Mais de dez anos haviam passado desde então, porém, por alguma força do destino, ali estava ela, ao seu lado. Seu primeiro amor. A princípio, ele não a reconhecera. Ao menos não em um nível consciente. Mas talvez seu íntimo se lembrasse dela com clareza e por isso Mizumoto sentia uma estranha atração por Megumi desde que os dois se reencontraram — e por isso havia ficado nervoso só de pensar em encontrá-la, a ponto de perder o sono.

"É um momento propício para tentar coisas que você não pôde fazer na época... Para novas chances..." Ao contar a Mizumoto sobre os astros, a gata persa o havia encorajado.

— Acho que eu também recebi uma retribuição — murmurou ele.

— É mesmo?

— Mas pode ser só impressão minha... — Mizumoto desviou o olhar.

— Ah, me conta!

Megumi se inclinou para a frente com os olhos cintilantes.

Ele pensou em tudo que queria contar a Megumi e imaginou que ela o escutaria sem julgamentos. Gostaria de relatar não só o sonho, mas sobre Mercúrio retrógrado e esses períodos em que as pessoas ficavam mais suscetíveis a problemas com a comunicação. E que, nesses momentos, não aconteciam só coisas ruins; também era possível reencontrar pessoas do passado. E queria lhe falar também das notícias sobre a professora Serikawa.

No entanto, decidiu deixar passar o Mercúrio retrógrado para dizer as seguintes palavras: "Acho que você foi o meu primeiro amor." Então veria se tinha uma chance com ela...

Por ora, Mizumoto apenas olhou para Megumi e sorriu, comedido.

EPÍLOGO

1

— Isso! — comemorou Mizuki Serikawa, dando um soquinho no ar, ao ver o e-mail que tinha recebido da empresa de jogos on-line.

Na tela do celular estava a mensagem:

Teremos um novo personagem principal, e gostaríamos que você escrevesse o roteiro dele.

Ela estava satisfeita por ter se dedicado tanto à redação da história daquele personagem secundário e sido capaz de criar um roteiro tão bom. Ainda assim, o resultado disso superara muito as expectativas dela.

Serika tinha virado o assunto do momento nas redes sociais e sido chamada para uma entrevista, na qual acabou por revelar ser Mizuki Serikawa, acreditando ser o melhor momento para assumir sua identidade real. Estava preparada para receber críticas, mas quase não houve; pelo contrário, recebeu muitos comentários positivos.

E agora ela poderia trabalhar no roteiro do personagem principal, seu próximo objetivo. Se ela se saísse bem, quem sabe aonde isso a levaria?

Mizuki levantou-se, inspirada, e começou a preparar um chá preto. Ela ainda morava na quitinete barata, mas, depois de ter ido àquele café misterioso, sentiu que devia deixar o ambiente mais agradável, mesmo que o espaço fosse apertado, e começou a mudar a decoração na medida do possível. Cobria a cama com uma colcha e a enchia de almofadas, de modo que fazia as vezes de sofá quando ela não estava dormindo. Ao lado da pequena mesa de jantar, colocou uma planta ornamental e uma luminária de chão. Ela se sentia feliz com a mudança. *Parece até uma mesa de café, se eu olhar só para esse cantinho*, pensava.

Ela também procurava ter sempre uma flor em casa, mesmo que fosse só um botão. Não deu para trocar as cortinas, então substituiu as borlas por algo mais elegante. Além disso, parou de usar as xícaras que havia comprado na correria em um bazar baratinho e passou a usar umas de que gostava de verdade. Queria criar um ambiente agradável à sua visão. Só de fazer isso já se sentia mais alegre.

O mestre — o grande gato tricolor — tinha razão: parecia ser importante que a casa dela fosse um lugar aconchegante. "A casa que indica o lar é a 4, e você tem touro na casa 4. Além disso, tem o planeta Vênus e também a Lua, que representa a mente e o coração", dissera ele.

Mizuki verteu o chá preto na xícara elegante, que por sua vez repousava sobre um pires, os quais ela havia criado coragem de comprar, e se sentou à mesa. Ao olhar para a janela, viu de novo no corrimão da varanda o gato tricolor que vira outro dia. O felino olhou para ela e miou, como se conversasse.

O que será que ele quer dizer?

Ela se lembrou de repente do senhor idoso que encontrou naquele sonho. Ele lhe disse algo quando passou por ela, mas ela não sabia o que tinha sido. Após pensar um pouco nisso, decidiu voltar ao trabalho. Ligou o computador e levou a xícara de chá preto aos lábios.

— Deixa eu conferir os e-mails primeiro. Preciso tomar cuidado com o Mercúrio retrógrado... — disse a si mesma.

Depois do encontro com o mestre, ela passou a se interessar por astrologia e começou a ler mais sobre o assunto. Foi assim que tomou conhecimento de Mercúrio retrógrado. Durante esse período, podia acontecer de achar que tinha enviado um e-mail e descobrir que acabara não clicando em ENVIAR, ou de um e-mail importante ir parar na caixa de *spam*. Mas também diziam ser um período propício para segundas chances.

Segundas chances... Será que mando de novo o projeto para a Nakayama?

Antes de reenviar, Mizuki queria ajustar o projeto à luz da conversa que tivera com os gatos, para que o roteiro se tornasse mais adequado à era de aquário.

Se eu pudesse falar com ela sobre isso..., pensou.

Ao abrir a caixa de entrada, deparou-se justamente com um e-mail novo de Akari Nakayama, o que fez o coração de Mizuki disparar. Um tanto desconcertada, clicou no e-mail.

Desculpe por não ter podido conversar melhor com você naquele dia. Seu projeto não foi aprovado na reunião porque foi considerado pouco adequado aos tempos atuais, mas não acho que ele estivesse ruim. Será que você poderia retrabalhar o material para que ficasse mais atualizado?

Mizuki engoliu em seco e concluiu que era mesmo um tempo para segundas chances. Sentiu a pulsação acelerar. Disse a si mesma que daria o seu melhor.

Então, com um olhar determinado, digitou:

Claro, pode deixar. Muito obrigada! Farei o meu melhor.

E nesse momento a imagem do idoso lhe voltou à mente. Ela se lembrou do movimento dos lábios dele. Ele tinha lhe dito "Obrigado".

2

Akari Nakayama esperava por Jiro na bancada de um bistrô de onde se podia ver o rio Kamogawa. Diante dela havia uma grande janela. Já tinha escurecido por completo e no céu via-se uma linda lua cheia.

É noite de lua cheia de novo...

Ao olhar para o celular, viu a própria imagem refletida na tela preta. Estava um pouco encabulada com o penteado que a amiga de infância, Megumi Hayakawa, havia lhe feito. No entanto, o cabelo era a demonstração perfeita das técnicas da jovem, e isso podia ser bom.

Akari desbloqueou o celular e, ao zapear pela internet, viu que Satsuki Ayukawa era um dos assuntos mais comentados. Depois daquela experiência misteriosa que ambas haviam compartilhado, Satsuki convocara uma coletiva de imprensa, preparada para aceitar de peito aberto o que lhe acontecesse. Ela não criticou o ator com quem teve um caso em nenhum momento e se mostrou arrependida pelo que causou à esposa e aos filhos dele. Também pediu desculpa de um modo sincero a todos que se sentiram magoados com as notícias. Claro que havia muitas pessoas que diriam que ser amante de alguém casado era algo imperdoável, mesmo que se pedisse desculpa mil vezes. No entanto, quando o ator tentou se eximir da responsabilidade, dizendo que "é exatamente como ela disse na coletiva: foi tudo culpa dela, eu não fiz nada de errado", a ira do público se voltou contra ele. Para completar, ainda descobriram que o homem também estava tendo um caso com outra mulher. O público passou a achar que Satsuki Ayukawa era uma vítima que tinha acabado nas mãos de um cafajeste e a olhá-la com mais empatia. Aos poucos, ela estava voltando a trabalhar na TV.

A matéria que Akari estava lendo repercutia uma entrevista de Satsuki em um programa, em que ela tinha dito que "queria ficar longe de romances por enquanto". Havia comentários como "Olha a destruidora de lares falando", mas também os que diziam "Isso mesmo, foca no trabalho para não cair na lábia de outro cafajeste" ou "Cuidado para não ser enganada da próxima vez".

Akari se sentia encorajada ao ver essa atitude de voltar a caminhar de cabeça erguida, mesmo frente a críticas.

Ao verificar a caixa de e-mails, viu que chegara uma resposta de Mizuki Serikawa.

Claro, pode deixar. Muito obrigada! Farei o meu melhor.

Akari sorriu ao ler a mensagem.

— Uau! — Ela ouviu a voz de Jiro e então levantou o rosto. — Akari, que linda que você está hoje! — disse ele.

Jiro estava bem casual, de camiseta e calça jeans.

— Boa noite, Jiro.

— Boa noite! E me desculpe pelo atraso.

Jiro se sentou ao lado de Akari, e os dois pediram cervejas artesanais. Assim que as bebidas foram servidas, eles brindaram.

— Foi a Meg... A amiga sobre a qual falei, quem fez o meu cabelo.

— Ah, a cabeleireira *freelancer* que você disse que pode me ajudar?

— Isso. Ela disse que será um prazer trabalhar com você. Está ansiosa para te conhecer.

— Eu também. Mas esse penteado está muito bem-feito e combina superbem com você! Dá para ver que ela é boa no que faz.

— Obrigada. — Akari se sentiu tímida.

— Você anda mais bonita nos últimos dias. Arranjou um namorado, foi? Por acaso estava sorrindo quando eu cheguei porque recebeu uma mensagem dele?

Akari quase se engasgou com esse interrogatório.

— Ah, não era mensagem de nenhum namorado. Era um e-mail da Serikawa.

— A mesma Serikawa que você chamou uns dias atrás para dizer que o projeto dela não tinha sido aprovado?

Ela fez que sim e comentou:

— O que você me disse me fez pensar bastante...

— Ah, é? — Jiro tocou o queixo com o indicador. — Falei alguma coisa de mais?

—Você disse que quando a pessoa reúne toda a coragem e é atingida pelo furacão da rejeição, é difícil não desmoronar. E que tem que ter muita autoconfiança para não se deixar abalar.

— Eu falei isso?

— Falou. E disse também que eu sou rigorosa comigo mesma e com os outros.

— Ah, disso eu me lembro de ter falado mesmo.

— Mas eu queria deixar de ser assim, um pouco por vez. Acho que posso ser um pouco mais gentil comigo mesma. Não é bem gentil, na verdade. Queria poder reconhecer minhas emoções e aceitá-las. Queria poder conseguir fazer isso, pelo menos um pouquinho — disse Akari, ao que Jiro soltou uma risadinha nasalada. — O que foi? Eu disse alguma coisa engraçada?

— É que você falou "um pouco" muitas vezes. Parece que você só consegue fazer isso aos poucos mesmo.

Akari sorriu, sem jeito, diante do divertimento de Jiro.

— Acho que sim...

— Mas é importante fazer isso, sim, nem que seja aos poucos. Ou vai acabar num desastre, igual a mim... — disse ele.

Curiosa, Akari olhou para Jiro e se inclinou para a frente. Ele então explicou:

— Minha família era muito rigorosa, porque meus pais eram bem conservadores. Cresci ouvindo que eu deveria me tornar funcionário público. Tentei agir de acordo com as expectativas até certo ponto, mas me sentia sufocado. Aí um dia, quando estava no ensino médio, provei um vestido da minha irmã. Queria fazer algo considerado imoral, sem saber direito o porquê. Mas o meu pai me pegou no flagra.

— Nossa! E o que aconteceu? — quis saber Akari, tensa com a história.

— Foi um escândalo. Ele me chamou de pervertido, disse que eu era a vergonha da família. Aí eu explodi e gritei: "É isso mesmo, pai. Eu sou assim, e sempre fui, na verdade!" Então ele me deu uma surra e me deserdou. — Jiro riu consigo mesmo.

— O que você fez depois?

— Fiquei na casa da minha avó materna até me formar no ensino médio. Depois, fiz minhas qualificações enquanto trabalhava num salão de beleza, e as coincidências do destino me trouxeram até aqui. Aquilo foi a revolução da minha vida.

— Revoluções são acontecimentos graves...

— São mesmo. Magoei meus pais, e a família que eu tinha até então foi por água abaixo. Mas, se continuasse naquele caminho, eu é que teria ido por água abaixo. Aquela revolução foi necessária para que eu conquistasse a vida que queria.

Ele sorriu e apoiou o queixo nas mãos, então se retraiu.

— Eu falo assim, mas me sinto mal pelos meus pais. Nós voltamos a nos falar, mas nunca mais fui visitá-los, sabe?

— Mas se eles tivessem observado você com mais cuidado e tentado entender, acolher seus sentimentos, essa revolução não teria acontecido. Acho que você não deveria se culpar assim... — Akari o consolou, ao que Jiro agradeceu.

Enquanto conversavam, havia algo que não saía da cabeça dela: a vida amorosa de Jiro. Ele acabara de contar sua história, mas...

— Hum... Posso perguntar uma coisa?

— O quê, querida?

— Sabe, você fala de um jeito... — Fiz um gesto expansivo. — Eu queria saber sobre o seu íntimo...

— Como assim?

— Ah... É que eu queria saber se você se sente atraído por homens ou mulheres.

No exato instante em que as palavras saíram de sua boca, Akari se arrependeu, porque percebeu que estava sendo invasiva. Jiro não conteve o riso e olhou de soslaio para Akari.

— Ah, e o que seria melhor, hein?

O coração de Akari bateu mais forte com essa pergunta.

— Eu preferiria que você se sentisse atraído por mulheres...

— Por quê? — perguntou Jiro com sinceridade.

— É porque...

— Eu achei que você ia dizer algo como: "Me conta sobre as suas histórias de amor com outros homens."

— Não, não é isso.... É que...

— Foi só por curiosidade?

Ela não soube o que dizer. Jiro era muito observador, será que estava caçoando dela, já tendo percebido o que ela sentia? Ao pensar nessa possibilidade, ela se decidiu, fechando os punhos, e soltou:

— É porque eu gosto de você.

— Oi? Você está brincando, né? — Jiro ficou paralisado.

Akari só fez que não com a cabeça, sem conseguir falar nada.

— Achei que você fosse do tipo que não curte pessoas como eu. Digo, no sentido de sentir atração.

Aparentemente até Jiro, que era tão observador, não fazia ideia. E nem teria como ele ter suspeitado, já que Akari não conseguira admitir o que sentia sequer para si mesma por um tempo. Contudo, ela estava decidida: seria mais aberta com os próprios sentimentos. Iria admiti-los e aceitá-los, era importante.

—Você pode não se sentir atraído por mim, mas eu gosto de você — continuou Akari em voz baixa.

Jiro ficou em silêncio.

Será que ele não gostou do que ouviu?

Akari olhou para o lado, temerosa, e viu que Jiro estava ruborizado até as orelhas.

— Jiro...?

— Akari, querida, isso é golpe baixo! — Ele cobriu o rosto com as mãos. Akari ficou atônita. Até que ele disse: — Fiquei sem jeito agora. Eu... sinto atração por mulheres — murmurou quase para si mesmo.

Foi a vez de Akari sentir o rosto queimar.

Do lado de fora do bistrô, ouviam o som de um piano. Era como se os felicitasse.

3

Às margens da correnteza abundante do rio Kamogawa, via--se o Café da Lua Cheia. Ao redor, as notas serenas do piano fluíam. Os gatos do café já haviam guardado a placa e apreciavam a melodia de olhos fechados, sentados.

Havia um piano de cauda preto na várzea do rio, e quem o tocava era um senhor idoso elegante. O brilho da lua cheia o iluminava como se fosse um holofote. A música era "Saudação do Amor", de Elgar.

Quando ele terminou a canção, os gatos bateram as patinhas, aplaudindo vigorosamente, e correram ao encontro dele. O senhor se levantou devagar e se aproximou do Café da Lua Cheia, então fez carinho na cabeça e no queixo dos felinos.

O tricolor, que era o mestre, colocou uma caneca em uma das mesas.

— Aqui está: cerveja azul-celeste de céu estrelado.

Era uma cerveja de aparência curiosa, cujas cores formavam um gradiente de azul-escuro, azul-anil, azul-celeste e laranja, e havia inúmeras estrelas da Via Láctea.

— Opa! — O senhor sorriu com alegria, o que evidenciou as rugas do rosto, e se sentou na cadeira. — Desculpe por dar trabalho para vocês depois do expediente.

— Imagine. — O tricolor levou a pata ao peito. — Foi um prazer poder ouvir sua bela apresentação.

— Mas toquei *justamente* como uma forma de agradecer a vocês.

— Agradecer pelo quê?

— Por terem orientado aqueles jovens, mostrando a eles os caminhos a seguir na vida. — Com essas palavras, o senhor se levantou e fez uma reverência demorada. — Muito obrigado.

— Não há o que agradecer. Nós somos muito gratos a eles por terem salvado nossos companheiros daquela vez — respondeu o mestre, e então voltou os olhos para a cadeira do lado oposto da mesa. — Posso?

— Fique à vontade.

Os dois se sentaram frente a frente. A mesma cerveja foi então servida ao tricolor, e ele e o senhor brindaram.

— Hum, que sabor incrível! — deleitou-se o idoso ao levar a caneca aos lábios, com os olhos fechados. — É como se ele se espalhasse por todo o meu corpo.

— Fico feliz que tenha gostado.

— Que nostalgia... A primeira coisa que bebi aqui foi uma cerveja também.

— É mesmo?

— É, foi em alguma esquina nas ruas de Praga. Você me serviu cerveja e me aconselhou: "Relaxe um pouco." Lembro até hoje como apreciei aquela cerveja...

O senhor semicerrou os olhos, envolto nas lembranças.

— Tem razão. Naquela época, você ainda era um jovem no ciclo de Marte e trabalhava como regente, se não me engano.

— Eu já estava na casa dos 40 anos e fiquei aturdido ao ser tratado como um jovem, mas ainda era bem imaturo mesmo. Eu tinha me tornado um regente conhecido e estava obcecado com isso, o que me tornou arrogante. Cheguei ao ponto de enxergar os integrantes da orquestra como meros instrumentos da minha música. Até que fui boicotado pela orquestra. E pensar que tudo que eu queria era fazer a melhor música...

Nessa época, ele ficou tão atormentado que quase chegou a detestar música. Foi quando, andando certo dia sem rumo às margens do rio Moldava, encontrou um café itinerante peculiar perto da ponte Carlos. Lá, um grande gato lhe serviu uma cerveja misteriosa, recomendando que o senhor relaxasse um pouco, e leu os astros para ele.

★

"Você tem Plutão na casa 1, a casa que representa o seu eu. Plutão tem uma energia muito intensa. Isso indica que você pode ter um grande carisma, mas também pode desenvolver fortes obsessões e apego aos detalhes. Se esse lado ficar em evidência, é possível que as pessoas ao redor não consigam acompanhar você", dissera o gato, o que pareceu muito certeiro.

No entanto, como seu desejo era se expressar através da música, o senhor achava que não conseguiria desapegar desse ideal. Embora a fala do gato fizesse sentido, o regente sabia que, uma vez que estivesse diante da orquestra, imporia as exigências incongruentes e as demandas impossíveis dele, sempre em busca do som perfeito.

"Então, que tal você tentar uma carreira solo?", sugeriu o felino.

"Sozinho?"

"Sim, sozinho. O que o senhor acha de se expressar usando aquele instrumento, por exemplo?" O gato indicou um piano de cauda.

O senhor havia praticado uma série de instrumentos antes de se tornar regente. Obviamente, tocava piano melhor do que a média. E não era à toa que as pessoas diziam que um piano faz uma orquestra — o ditado existia porque era um instrumento que permitia se expressar através de uma miríade de formas. Foi então que o senhor refletiu: *É isso. Vou buscar fazer eu mesmo o melhor da música antes de comandar a performance alheia.*

Ele se levantara e fora até o piano.

"Seja forte. Plutão é o astro que representa tanto a destruição quanto o renascimento. Estarei torcendo pelo seu recomeço, como um de seus fãs." As palavras do gato tricolor fizeram-se ouvir às costas do senhor, mas, quando ele se virou, o misterioso café havia desaparecido.

★

— Depois daquilo, pensei: "Vou me expressar através do piano. Se eu conseguir fazer isso, acho que posso voltar a ser regente." Mas vi como era difícil me satisfazer, e então eu realmente reconsiderei meus atos — confessou o senhor.

— É mesmo? — indagou o gato.

— Sim, porque eu impunha coisas que nem conseguia explicar direito aos integrantes da orquestra, dando instruções vagas como "Se expresse com mais emoção". No fim das contas, eu me entreguei ao piano e não voltei mais a ser regente.

— Entendo. — O mestre assentiu. — E o senhor acabou se tornando um pianista espetacular, conhecido no mundo todo.

— Soa bem se dito dessa forma, mas, quando percebi, não tinha me casado e vivia sozinho. Depois de velho, reformei a casa que os meus pais deixaram para mim e passava os dias tocando piano. — Ele apoiou o rosto nas mãos.

Por ter sido "salvo" por um gato, ele passou a se sensibilizar muito com felinos abandonados, então os resgatava e os adotava. Só que, na verdade, eles é que o salvavam...

— Aquelas crianças... também foram uma salvação para mim. Elas me cumprimentavam com alegria de manhã e ao entardecer. Ouviam o som do meu piano com prazer. Eu sempre esperava ansioso pela hora em que elas passariam pela minha casa, pensando no que tocaria naquele dia. E elas acabaram me ajudando até o último momento.

— É por isso que o senhor quis ajudá-las? — perguntou o gato.

O senhor elegante assentiu com suavidade.

— Olhar para elas era como olhar para o meu eu do passado. Eu também abandonei o meu posto depois do boicote, por ter ficado com medo de me pôr diante de uma orquestra. Depois disso, eu me sentia atormentado com a ideia de continuar sendo regente, mesmo que ainda gostasse de música. Foi a mesma coisa no amor. A pessoa por quem me apaixonei quando jovem era muito mais velha e já havia passado por um divórcio, então todos ao redor diziam que ela "não era adequada para mim", o que me fez calar os meus sentimentos. Quando me dei conta, ela já estava com outro homem. Ah, o tanto que me arrependi e me critiquei por não ter agido, por ter priorizado meu ego e meu orgulho inúteis... Sofro até hoje por não ter seguido o meu coração antes.

O senhor fez uma pausa e suspirou, então se levantou, deu um leve sorriso e disse:

— Mas agora que já passou, cada uma dessas experiências é ofuscante e um tesouro para mim. Só que eu queria que aqueles jovens ao menos pudessem ser o que são de verdade.

— E essa foi a sua retribuição a eles...

O idoso fez que sim com a cabeça e olhou para o céu.

— Além disso, agora é uma época de mudanças, com o fim de uma era e o começo de outra. Haverá muitas dificuldades e desafios, mas as pessoas podem levar a vida com mais facilidade se tiverem conhecimento dos astros. Eu queria que eles soubessem disso. Foi algo que você me ensinou, meu amigo.

O tricolor assentiu, saudoso, com os olhos semicerrados.

— O mapa natal é um registro do destino e uma bússola da vida. Para viver de uma forma condizente com as características que definem você, é importante ter autoconhecimento. Como leitor astrológico, eu gostaria que o maior número de pessoas soubesse disso.

O tricolor e o senhor elegante se entreolharam e sorriram. Então o humano terminou a cerveja e se levantou.

— Bom, vou tocar mais uma música para finalizar. Quero dedicar esta apresentação a vocês e àqueles jovens.

— Fico honrado. Qual música será?

— A "Sonata Patética", de Beethoven.

— Vai dedicar a "Sonata Patética" aos jovens?

— A professora Serikawa entendeu o que eu queria transmitir quando me ouviu tocar essa música aqui outro dia. Isso me deixou muito feliz — explicou o pianista.

Quando Beethoven compôs essa sonata, a perda auditiva dele já estava em estágio bastante avançado. Com essa informação em mente, a música realmente podia soar como uma melodia triste e patética. No entanto, havia afabilidade e força em sua melancolia. Ela transmitia a determinação de quando se aceita a situação em que se encontra e se começa a caminhar; a regeneração de quem estava no fundo do poço. Era realmente uma música que remetia a Plutão. Sua melodia era capaz de envolver o coração daqueles que se encontravam em dificuldades e os acolhia.

Talvez a "Sonata Patética" seja uma música que cure as feridas de um coração machucado...

O senhor se sentou diante do piano, pensou nas palavras de Mizuki e esboçou um sorriso.

Às margens do rio, as notas da sonata para piano n° 8 fluíam em dó menor. Os gatos ouviam, absortos, enquanto a grande lua brilhava no céu, quase como se sorrisse.

NOTA DA AUTORA

Muito obrigada por ler este livro. *Os gatos do Café da Lua Cheia* é uma história em que um gato, dono de um café, interpreta os registros do destino que constam no mapa astral das pessoas. Esta narrativa que trata da astrologia ocidental é algo que eu sempre quis escrever. E agradeço imensamente à astróloga Eriko Miyazaki por ter feito a revisão técnica do livro.

Conheci a astrologia ocidental por volta de 2013. Comecei a ler postagens de redes sociais que falavam de astrologia por acaso e passei a agir de acordo com o movimento dos astros. Segui conselhos como "esta é uma época propícia para autopromoção, pois a Lua está em leão", ou "a Lua está em virgem, procure trabalhar nos bastidores e dar apoio aos outros". Estudei meu mapa natal e procurei saber quais eram as atividades compatíveis comigo.

Depois que comecei a me preocupar com o movimento dos astros, a minha sorte melhorou muito. Ganhei o Prêmio Literário Web no verão do mesmo ano, minha obra foi publicada em formato de livro e até mesmo adaptada para quadrinhos e animação.

Em 2013, fiquei tão feliz com a premiação que pensei: *Os astros são incríveis. Vou estudar ainda mais sobre isso.* De início, estudava-os por conta própria. Entretanto, havia muitas coisas que eu não entendia sozinha, então passei a ter aulas com uma especialista em astrologia a partir de 2015. Mais ou menos três anos depois que comecei os estudos sobre astrologia, por volta de 2016, pensei em escrever uma obra com essa temática. No entanto, quando resolvi escrever, não consegui criar. Só é possível escrever uma história quando se tem o domínio do assunto, e percebi que eu ainda precisava estudar muito, embora achasse que já havia aprendido bastante.

Assim, continuei a pesquisar, até que cheguei à seguinte conclusão: *Acho que consigo escrever um livro de introdução à astrologia da perspectiva de uma iniciante.*

Foi nessa época que vi uma linda ilustração em uma rede social. Era a ilustração de um café cujo dono é um gato, o Café da Lua Cheia, feito por um artista chamado Chihiro Sakurada. A imagem era bela e tinha um ar fantástico, e era como se aquele mundo se estendesse infinitamente, tal qual o céu da imagem.

Fiquei encantada logo de cara e desejei: *Se eu escrever uma história sobre astrologia, quero que ele seja o ilustrador.*

Após um tempo, na primavera de 2019, soube que Chihiro Sakurada participaria de um evento independente chamado Kansai Comitia e venderia coleções de ilustrações lá. Muito desejosa das ilustrações — custassem o que custassem —, fui até Osaka e adquiri a coleção. Ainda tive a audácia de dizer: "Na verdade, eu escrevo romances, e ficaria feliz se um dia pudesse trabalhar com você." Dito isso, deixei meu cartão com ele.

Depois, o volume 3 de *Kyoraku no Mori no Arisu* foi publicado, e eu tive uma reunião com dois editores da revista *Bungei Shunju*. Eles me perguntaram: "Mochizuki, quando podemos lançar o volume 4 de *Kyoraku no Mori no Arisu*?" Ao que eu respondi: "Eu queria dar um tempo em *Kyoraku no Mori no Arisu*, porque a narrativa chegou a um desfecho... Na verdade, estava querendo escrever algo novo. É sobre astrologia, e conheço um artista que faz ilustrações maravilhosas." Contei a minha ideia e mostrei a ilustração de Sakurada. Então, a reação foi: "Ótima ideia, vamos por esse caminho!" Aprovação imediata.

E Sakurada também aceitou a proposta, a quem agradeço imensamente.

Na reunião que tivemos posteriormente, Sakurada disse, rindo: "Quando a Mochizuki me encontrou, falou que queria trabalhar comigo um dia, mas não imaginei que ele me ofereceria um trabalho com a *Bungei Shunju*." Sakurada disse que ganhou muita popularidade depois que começou a fazer ilustrações para o Café da Lua Cheia e passou a receber muitos trabalhos, mas fiquei bem contente quando ele me disse que eu fui a primeira autora publicada a contatá-lo.

E ele vai lançar uma coleção de ilustrações pela KADOKAWA, prevista para o mesmo mês do lançamento deste livro. Tivemos a ideia de fazer uma parceria no lançamento da coleção de ilustrações dele com as minhas histórias do leitor astrológico, e o *art book* de Sakurada vai sair com um conto inédito meu.

Este livro, lançado originalmente pela Bunshun de bolso, e a coleção de ilustrações de Sakurada do Café da Lua Cheia, "Mangetsu Kohiten", pela KADOKAWA, são frutos de uma parceria entre profissionais que trabalham em editoras diferentes. Espero que gostem de ambos.

A minha ideia de escrever uma história com a temática de astrologia, um desejo de vários anos atrás, foi aprovada para publicação em formato de livro e concretizada na velocidade de um cometa após o meu encontro com esse ilustrador espetacular. Talvez isso também seja uma coincidência devido ao enigmático movimento dos astros.

Os estudos da astrologia são profundos, e eu sou só uma iniciante. E esta obra é somente uma introdução ao tema. Espero que você se interesse um pouco mais pelo assunto ao lê-la.

Aproveito este espaço para expressar meus agradecimentos também a todos os encontros que tive por meio desta obra. Muito obrigada!

Mai Mochizuki

REFERÊNCIAS

Hisashi Nagata. *Koyomi to uranai no kagaku* [A ciência do calendário e da leitura da sorte]. Tóquio: Shincho Sensho, 1982.

Keiko. *Uchu to tsunagaru! Negau mae ni negai ga kanau hon* [Conecte-se com o espaço! O livro que realiza seus desejos antes de você desejá-los]. Tóquio: Daiwa Shuppan, 2013.

Kevin Burk. *Senseijutsu kanzen gaido koten giho kara gendaiteki kaishaku made* [Guia completo de astrologia: dos métodos clássicos às interpretações contemporâneas]. Tradução de Ryuichi Ito. Tóquio: Fortuna-sha, 2015.

Kiyoshi Matsumura. *Unmei o michibiku tokyo hoshizu* [Carta celeste de Tóquio, guia do destino (Tokyo horoscope)]. Tóquio: Daiamondo-sha, 2003.

Kiyoshi Matsumura. *Kanzen masuta seiyo senseijutsu* [Domínio completo da astrologia ocidental]. Tóquio: Setsuwa-sha, 2004.

Kiyoshi Matsumura. *Saishin senseijutsu nyumon* [Introdução à astrologia: edição atualizada]. Tóquio: Gakushu Kenkyu-sha, 2003.

Laboratório René Van Dale. *Ichiban yasashii seiyo senseijutsu nyumon* [Introdução fácil à astrologia ocidental]. Tóquio: Natsume-sha, 2018.

Rabua Ruru. *Senseigaku shinsoban* [Astrologia: Nova edição]. Tóquio: Jitsugyo Nihonsha, 2017.

Ryuji Kagami. *Kagami Ryuji no senseijustu no kyokasho I Jibun o shiru hen* [Material sobre astrologia de Ryuji Kagami I: conhecendo a si mesmo]. Tóquio: Harashobo, 2018.

Tengyu Sen. *Sugu ni yakudatsu Senryu Ikyo* [I Ching estilo Sen para uso no dia a dia]. Tóquio: Kien Tosho, 1987.

Yukari Ishii. *Tsuki de yomu ashita no hoshi uranai* [O horóscopo de amanhã com base na lua]. Iida: Sumire Shobo, 2009.

intrinseca.com.br

@intrinseca

editoraintrinseca

@intrinseca

@editoraintrinseca

editoraintrinseca

1ª edição	SETEMBRO DE 2024
impressão	SANTA MARTA
papel de miolo	LUX CREAM 60 G/M²
papel de capa	CARTÃO SUPREMO ALTA ALVURA 250 G/M²
tipografia	PLANTIN MT PRO